전국 책방 여행기

전국 책방 여행기
서점을 그만두고 떠난
ⓒ 석류, 2019, Printed in Seoul, Korea

초판 1쇄 찍은날	2019년 8월 5일
초판 1쇄 펴낸날	2019년 8월 14일
지은이	석류
펴낸이	한성봉
편집	안상준 · 하명성 · 이동현 · 조유나 · 박민지 · 최창문 · 김학제
디자인	전혜진 · 김현중
마케팅	이한주 · 박신용 · 강은혜
경영지원	국지연 · 지성실
펴낸곳	도서출판 동아시아
등록	1998년 3월 5일 제1998-000243호
주소	서울시 중구 소파로 131 [남산동3가 34-5]
페이스북	www.facebook.com/dongasiabooks
전자우편	dongasiabook@naver.com
블로그	blog.naver.com/dongasiabook
인스타그램	www.instagram.com/dongasiabook
전화	02) 757-9724, 5
팩스	02) 757-9726
ISBN	978-89-6262-296-6 03810

이 도서의 국립중앙도서관 출판예정도서목록(CIP)은
서지정보유통지원시스템 홈페이지(http://seoji.nl.go.kr)와
국가자료종합목록 구축시스템(http://kolis-net.nl.go.kr)에서
이용하실 수 있습니다. (CIP제어번호 : CIP2019029921)

만든 사람들

편집	박민지
크로스교열	안상준
디자인	김현중
본문조판	나우희

서점을 그만두고 떠난

석류 지음

전국 책방 여행기

동아시아

프롤로그: 서점을 그만두고 떠난 책방 여행

2017년 봄, 나는 2년간 일했던 서점을 그만뒀다. 서점을 그만 둔 후, 진주를 떠나 부산으로 터전을 옮기기로 결심했다. 부산 바다를 다시 볼 생각에 설레기도 하고, 대학 시절을 보냈던 곳 이라 내겐 가장 친숙한 도시이니 망설일 필요가 없었다. 한동 안 부산에서 지내며 나만의 영화를 제작하기 위해 영상 공부 를 할 계획이었다. 모든 게 생각처럼 된다면 얼마나 좋을까. 생각지도 못한 변수들이 내 발목을 잡았고 나는 부산으로 떠 나는 걸 보류하게 되었다. 그렇게 부산행이 좌절되고, 몇 달간 국내와 국외를 돌아다녔다. 여행을 끝마치고 나니, 계절은 어 느덧 가을이 되었다. 가을의 시작에서, 이대로 아무것도 하지 못하고 한 해가 마무리되는 건 아닐까 하는 걱정이 생겼다. 현 실적으로 당장 영화를 찍을 수는 없으니, 대신 영화관과 관련 된 프로젝트를 구상해 온라인에 글을 연재하기로 마음먹었다.

그런데 웬걸? 아이디어 자체는 정말 좋았으나, 이내 보이지 않는 벽에 부딪혔다. 시작도 못한 채 좌절하기는 이르다 싶어서, 머리도 식힐 겸 자주 가는 봉봉커피를 방문해 생각을 다듬고 있는데 사장님이 내게 다가와 말했다.

"석류 씨는 서점에서 일했으니, 영화관 말고 서점에 대한 이야기를 써보는 건 어때요?"

그 말을 듣는 순간 머릿속에 번개가 치는 것 같았다. 서점. 내게 가장 친숙한 그 공간.

어째서 나는 서점에 대한 이야기는 생각지 못했을까. 봉봉 사장님의 말이 하나의 씨앗이 되어 영화관 프로젝트를 뒤로 미뤄두고, 다음 날 바로 서점 프로젝트의 구상에 들어갔다.

정말 신기하게도, 이 프로젝트를 구상해나가는 모든 과정들이 일사천리로 진행되었다. 전에는 막막하게 느껴졌던 인터뷰 질문도 큰 어려움 없이 정해지고, 프로젝트 명도 별다른 고민 없이 금방 확정되었다. 그러한 시간 속에서 나는 운명 같은 이끌림을 느꼈다.

서점에 대한 이야기는 이미 많은 책으로 출간되어서 새롭지 않다.

현재 서점에 나와 있는 책 중에도 서점이나 서점원에 대해 다루고 있는 것이 많지만, 전직 서점원 생활을 했기에 조금 더 가까이 그들과 호흡하며 이야기 나눌 수 있는 것들이 있을 거라 믿었다. 서점원에 대한 글을 써야겠다는 다짐은 그런 생각과 함께 더 진해졌다.

조금은 건방지게 들릴 수도 있겠지만 서점에서 일을 했기에 서점을 지키는 서점원의 역할이 얼마나 막중한지를 알고 있으니, 나만큼 이 주제를 잘 표현할 사람은 없을 거라 생각하기도 했고.

서점원 생활을 하며 전국의 많은 서점을 알게 되었지만, 정작 서점원일 때는 일에 매여 다른 서점들을 쉽게 갈 수 없었다. 아이러니하게도 즐겨찾기로만 등록해놓았던 그 공간들을 프리랜서의 삶을 살게 되면서 비로소 방문하게 되었다. 구글 지도에 하나하나 별표로 찍어놓았던 그곳을 가고, 이야기를 들을 생각을 하니 마음이 한없이 벅차올랐다.

그렇게 〈서점원이 사랑한 도시〉라는 이름의 프로젝트가 시작되었다. 프로젝트를 진행하며 서점원이었던 시절보다 서점에 대한 애정이 더 많이 커졌다. '서점'이라는 단어를 생각만 해도 마음이 뜨거워질 정도로.

나는 매년 생일마다 나 자신에게 생일 선물로 며칠간의 여행을 선물하는데, 최근의 생일 여행의 주제는 바로 '서점'이었다.

생일날 아름다운 서점이 많은 일본 교토에 갔다. 그날, 얼마나 마음이 벅차올랐는지 모른다. 비록 완벽한 언어를 구사

하지 못해 번역기의 도움을 많이 받아야 했지만, 그곳의 책방지기와 함께 책과 서점이라는 매개로 이야기를 나누었고, 그들의 반짝이는 눈망울을 보았다. 그 순간 깨달았다. 우리의 언어는 달라도 서점이라는 매개로 통하고 있다는 것을.

점점 더 아날로그적인 감성이 사라지고, 소셜 미디어가 주류를 이루는 시대가 되었다. 이런 소셜 네트워킹 시대에서도 아날로그 감성과 특색을 가지고 방문객들을 맞는 곳이 있다. 바로 동네 서점이 그런 곳이다. 전국에서 동네 서점을 운영하고 그 공간을 유지해나가는 이들의 이야기를 담기 위해 이 프로젝트를 시작했다. 모든 공간은 사람으로부터 시작되고 이어지니까.

2017년 가을부터 2018년 가을까지 1년이 넘는 시간 동안 전국의 보석 같은 동네 서점을 돌며 서점원들의 이야기를 들었다. 짧지만 긴 여정 동안 때로는 그 이야기가 처연하게 다가올 때도 있었지만, 그들의 서점을 향한 열정만큼은 결코 처연하지 않았다.

반짝이는 눈으로 나를 바라보며 자신의 이야기를 들려주던 그들의 모습 하나하나를 모두 기억한다. 목소리와 그날의 공기도 생생하다. 지금 이 글을 쓰는 순간도, 그 모든 것들이 또렷이 다시 내 앞에 홀로그램처럼 생성되어 나타나 보이는 느낌이 든다.

세상에는 작고 소중한 것들이 참 많다. 나에게 있어서 서점과 서점원은 그런 존재다. 전문적인 인터뷰어도 아닌 내가 이 프로젝트를 끝까지 밀어붙일 수 있었던 건 그들의 뜨거운 열정이 한몫했다. 시간을 거듭할수록 나 또한 그들이 가진 열정만큼이나 마음이 뜨거워졌으니까.

책을 읽는 당신에게도 그들의 뜨거움이 전달될 수 있으면 좋겠다.

이 책이 동네에 있는 작은 서점에 발걸음을 할 수 있는 계기가 되었으면 하는 소망을 품어본다. 책장을 한 장 한 장 넘기며 함께 동네 서점을 여행하는 기분을 느낄 수 있는 시간이 된다면 더할 나위 없이 기쁘겠다.

chapter 1. 유니크한 공간을 찾고 있는 북러버들에게

서울

연희동의
밤을 밝히는
가로등 같은 서점

https://twitter.com/librairie_nuit
https://brunch.co.kr/@librairienuit
https://www.instagram.com/librairie_de_nuit/

📍 서울특별시 서대문구 성산로 309-51

밤의서점

밤의
서점

프로젝트를 진행하며, 서울에 가게 된다면 어떤 서점의 이야기를 담아야 될까 고민이 많았다. 우리나라에서 가장 크고 발달한 도시답게 서울에는 각양각색의 서점이 동네별로 분포되어 있다. 한참을 고민한 끝에 한 곳을 골랐다. 방문할 때마다 특유의 분위기가 너무 좋아서 저절로 공간에 빠져들게 만들었던 그곳, 밤의서점. 연희동 골목에 조용히 숨어 있는 밤의서점을 가기 위해 서울로 향하는 버스에 몸을 실었다. 밤의서점이라는 이름에 걸맞게 조금은 감성적인 저녁에 만나 이야기를 듣기로 하는 것도 잊지 않고. 밤이 도시에 사뿐히 내려앉은 저녁, 그렇게 연희동에 왔다. ▶

—안녕하세요. 자기소개부터 먼저 부탁드릴게요.

안녕하세요. 저는 연희동에서 밤의서점을 운영하고 있는 김미정이라고 합니다. 친구와 함께 운영하고 있어요. 각자 닉네임도 가지고 있어요. 저는 밤의 점장이라 불리고요. 친구는 폭풍

서울 밤의서점 대표●김미정

© 한여름

의 점장이라는 이름으로 불리고 있습니다. 그리고 저는 번역 일도 하고 있는데요. 프랑스 책 번역을 하며 서점을 운영해나가고 있어요.

맨 처음 밤의서점에 들렀을 때 밤의 점장님을 보고 잠시지만 정말 따뜻하다는 느낌을 받았는데, 오늘도 마찬가지다. 따스한 표정과 분위기로 자기소개를 하는 모습을 보고 있으니, 인터뷰 전에 갖고 있던 긴장감이 자연스레 풀려나가는 것 같았다.

—책을 좋아하는 사람은 많지만, 서점이라는 공간에서 막상 일하는 사람은 생각보다 많지 않다고 생각해요. 폭풍의 점장님과 두 분이서 돌아가면서 서점을 지키고 있으신데요. 함께 책방을 오픈하게 된 이유가 있으신가요?

제가 예전에 편집자 일을 했었어요. 책을 좋아해서 책 만드는 일을 하다 보니 하나의 로망처럼 서점에 대한 생각들이 있었어요. 그러나 현실적으로 서점을 오픈하는 건 불가능하지 않을까라는 생각을 했어요. 불가능에 대한 생각을 안고 지내던 차에 어떤 분이 연희동에 서점을 오픈할까 생각 중인데 매니저로 일을 한번 해보겠냐고 제안을 주셨어요. 그래서 그때 처음으로 불가능이 아닌 현실로서 서점을 운영해볼 수 있지 않을까 하는 생각을 하게 되었죠. 또 재미있는 부분은 그 제안을 받은 시기에 연희동에 거주하는 부부가 1년 정도 집을 비우게 되었는데, 집이 비는 기간 동안 와서 지내지 않겠냐는 이야기를 하셨어요. 그게 일종의 계시같이 느껴졌어요. 그 전까지만 해도 저는 연희동이라는 동네와는 아무런 연결고리가 없었거든요. 그 제안들로 인해서 서점에 대한 고민을 본격적으로 하기 시작했어요. 그렇게 고민을 하며 서점 학교 강의도 듣고 하면서 서점에 대한 준비를 시작했는데, 그 준비 기간 사이에 매니저를 제안해주신 분은 서점을 하기에 힘들 것 같다고 하셔서 함께하는 건 무산되었고, 시간도 1년이 지나서 연희동 부부도 다시 집에 돌아왔고요. 저는 그 시간 동안 연희동이라는 동네가 너무 좋아져서, 연희동에 자리를 잡게 됐어요. 처음에는 저 혼자 서점을 운영해나가려고 했는데, 혼자서 잘할 수 있을지 걱정이 컸어요. 폭풍의 점장은 고등학생 때부터 친하게 지내던 친구인데, 그런 제 모습을 곁에서 지켜봤죠. 제가 서점에 대한 고민을 너무 많이 하니까 "하고 싶으면 해야지. 네가 하면, 나도 함께할게"라고 말해줘서 폭풍의 점장과 함께 밤의 서점을 오픈하게 되었습니다.

　처음부터 서점을 오픈하려고 마음먹은 건 아니었지만, 이런저런 상황들이 그녀를 끌어당기고 결국 연희동에 지금의 밤의서점이 만들어졌다는 게 왠지 감동적이었다. 그리고 혼자였다면 망설임이 길었을 수도 있지만, 그녀에게는 든든하고 좋은 친구가 있었기에 그 고민이 더 길어지지 않고 오픈이라는 이름으로 종지부를 찍을 수 있었을 것이다.

—애칭에 대한 부분이 궁금한데요. 각각 밤의 점장과 폭풍의 점장이라는 이름으로 서점을 지켜나가고 계시잖아요. 애칭은 어떻게 정하게 되셨나요?

같이 운영을 하면서 서점 SNS도 하게 됐는데요. 그때 각자의 이름을 언급하는 것보다 닉네임으로 하는 게 좋겠다는 의견이 나왔어요. 서점 이름이 밤의서점이니까 밤의 점장이라는 이름이 먼저 정해졌고, 밤은 고요한 밤도 있지만 폭풍 같은 밤도 있으니까 자기는 폭풍의 점장을 하겠다고 그러더라고요. 각자의 닉네임이 있다 보니, SNS를 보고 서점에 오시는 손님들이 "밤의 점장님이세요? 아니면 폭풍의 점장님이세요?" 물어보시는 게 재밌게 느껴지기도 해요.

—폭풍의 점장이라서 『폭풍의 언덕』과 관련 있는 줄 알았는데 그건 아니었군요?

아, 아니에요. 『폭풍의 언덕』과는 관련이 없어요. 오히려 성격과 잘 어울리는 느낌이랄까요? 폭풍 같은 부분이 있어서요.

에밀리 브론테의 책 『폭풍의 언덕』을 좋아해서 폭풍의 점장이라는 닉네임을 정한 줄 알았는데, 의외였다. 그러나 설명을 들으니 금세 수긍이 갔다. 밤이라고 다 고요하진 않으니까. 그리고 닉네임에서도 드러나듯, 상반된 두 사람의 모습이 서점과 썩 잘 어울리는 느낌이 들었다. 폭풍의 점장님은 호탕한 느낌이 있다면, 밤의 점장님은 잔잔하고 고요한 느낌이랄까.

—밤의서점이라는 이름 때문에 밤에만 여는 곳이 아니냐는 이야기를 많이 들었을 것 같아요. 저도 처음에는 이름만 보고 밤에만 운영을 하는 심야 서점인 줄 알았고요. 밤의서점이라는 이름을 짓게 된 이유는 무엇인가요?

오픈 전에 서점 이름을 뭘로 지을까 폭풍의 점장과 둘이서 카페에 앉아 고민을 했어요. 가장 유력한 후보로 온다 리쿠의 『밤의 피크닉』에서 따온 '밤의피크닉'이 나왔어요. 낮과는 달리 밤의 느낌은 좀 더 편안하고 자기 자신에게 관대해지는 시간이라는 생각이 들어서, '그럼 밤의서점은 어때?'라고 말을 했는데 괜찮다는 반응이 나온 거예요. 저도 밤의서점이라는 이름이 마음에 들었고요. 그리고 SNS에 밤의서점 이름을 올려봤더니 반응이 뜨겁더라고요. 그래서 밤의서점이라는 이름으로 최종 결정하고, 밤이라는 시간을 공간으로 구현해 지금의 밤의서점이 만들어지게 되었어요. 시간적으로 밤에 열어서 밤의서점이 아닌, 서점에 딱 들어섰을 때 밤의 느낌이 들기를 바라며 공간을 꾸몄어요. 보통 다른 서점들은 밝고 따스한 느낌이 강한데, 저희는 그것과는 반대로 어두침침하지만 책에 집중이 잘되는 분위기를 만들고 싶었거든요.

이름이 특이한 서점들은 전국에 많지만, 밤의서점은 이름을 듣자마자 밤의 냄새가 바로 풍겨 오는 곳이었다. 공간도 이름에 걸맞게 밤처럼 포근하고 나른한 느낌이 가득하고. 이름과 공간이 혼연일체가 될 수 있는 건 정말 대단하고도 특별한 일이라고 생각한다. 이름에서 보여준 정체성을 인테리어까지 가지고 가기란 말처럼 쉽지 않으니까. 그러고 보니, 밤의 점장님은 밤이란 단어를 참 좋아하는 것 같다. 그래서 조금은 개인적인 궁금증을 가지고 다음 질문을 던져보았다.

—밤의 점장님은 밤을 참 좋아하시는 것 같다는 생각이 들어요. 서점 이름인 밤의서점도 그렇고, 키우는 고양이의 이름도 프랑스어의 굿나잇에서 따온 보니더라고요. 밤의 점장님에게 있어 밤이란 어떤 의미를 가지는 단어인가요?

저에게 있어서 밤은 편안하고, 집중력이 높아지는 시간대라는 생각이 들어요. 낮에는 의무감이 섞인 활동들이 많다면, 그에

반해 밤은 오롯이 혼자 있을 수 있기에 제 자신에게 가장 솔직해지고 편안해지거든요.

그녀의 말처럼 낮에는 의무감에 얽매여서 해야 되는 일들이 많다. 그러나 밤은 모든 긴장감을 내려놓고 풀어놓을 수 있는 나만의 시간이다. 왜 그녀가 밤이라는 단어를 좋아하는지 이제야 이해가 갔다.

―밤의 점장님은 프랑스어를 공부하셨다는 얘기를 들었어요. 지금도 프랑스에 관련된 책들을 번역하는 일도 하고 계시고요. 그래서일까요. 맨 처음 밤의서점에 왔을 때 프랑스 작가들의 책이 유독 눈에 많이 들어오더라고요. 그 부분은 자신의 전공을 살린 큐레이션이었는지요?

처음 책을 들여놓을 때 저와 폭풍의 점장의 취향이 담긴 서적들 위주로 가져다 놓곤 했어요. 읽었을 때 좋았던 책이나, 저희가 읽고 싶은 책으로요. 서점 운영 초창기에는 저희에게 영향을 많이 준 책들 위주로 입고했는데, 그게 가만히 들여다보면 저희가 읽어온 책들의 역사 같은 느낌이 있었어요. 딱히 전공을 살려서 큐레이션을 해야지 그런 생각을 한 건 아니었고요.

프랑스어를 전공했기에 프랑스 책들은 전공과 관련된 큐레이션일 줄 알았는데, 작은 반전이었다. 가만히 생각해보면 내가 큐레이션을 해도 프랑스 책을 많이 가져다 놓을 것 같긴 하다. 그만큼 프랑스에는 좋은 작가와 좋은 책이 많이 있으니까. 나는 그녀의 말에 작게 고개를 끄덕였다.

―처음에 서점에 왔을 때만 해도 문학과 인문학의 비중이 높다는 생각이 많이 들었어요. 서가는 어떤 부분에 비중을 두고 구성하고 계시나요?

학습, 참고서 외에는 다 고루고루 가져다 놓고 있어요. 처음에 서가를 구성할 때는 심리서 위주로 하고 싶다는 생각도 했었어요. 오픈 당시만 해도 심리서의 비중이 높은 서점이 없던 때라서, 심리서 전문 서점으로 시작을 해봐도 괜찮겠다는 생각을 했죠. 근데 큐레이션을 하다 보니 심리서만 가져다 놓으면 너무 오시는 분들이 한정적일 것 같은 거예요. 사실, 심리서가 아니어도 다른 책들을 보고도 자신의 마음을 들여다보는 시간을 충분히 가질 수 있기도 하고요. 현재의 큐레이션의 형태는 나온 지 오래된 책이거나, 덜 알려진 책이지만 읽었을 때 자기 안의 마음의 빛을 발견할 수 있는 그런 책들을 위주로 하고 있어요.

―밤의서점의 서가를 보면 지그재그 모양 같기도 하고, 작은 책의 미로 속에 들어와 있는 느낌이 들기도 해요. 서가 배치와 인테리어는 어떤 식으로 준비하셨는지도 궁금해요.

맨 처음에 밤의서점이라는 이름을 짓고, 내부 설계해주시는 분을 만났는데 그분이 서점 이름에 꽂히셔서 단번에 작업을 해주시겠다고 오케이 하셨어요. 그래서 저희가 생각했던 은밀한 분위기에 옹기종기 동굴 속에 모여 앉아 있는 이미지를 말씀을 드렸더니, 그럼 숨을 수 있는 형태의 서가로 만들면 어떻겠냐고 얘기해주셨어요. 카운터에서 모든 공간이 한눈에 다 들어오는 오픈된 모습보다는 지금의 형태처럼 서가 사이사이에 숨어서 편하게 책을 볼 수 있는 느낌으로요. 그리고 저희가 규모가 큰 서점이 아니기에 겹쳐진 형태의 서가를 구현하면 좀 더 공간감도 살고 입체적으로 보이는 효과도 가져갈 수 있고요. 설계해주시는 분이 저희가 처음에 생각했던 것보다 더 멋지게 공간을 만들어주셔서 좋았어요.

그런 인테리어 효과 때문인지, 밤의서점은 서가 사이사이에 숨어서 책을 보는 묘미가 남다르게 다가오는 곳이었다. 힘들고 지치는 어느 날, 연희동으로 와서 밤의서점의 서가에 숨어들 수 있는 시간을 가진 사람들이 부럽게 느껴진다. 내가 지방이 아닌 서울에 살았다면 아마 자주 숨으러 이곳에 발걸음을 하지 않을까.

꒰ꂵ꒱

—요즈음 조그마한 소규모 서점이 많이 생기고 있는데, 그래도 아직 서점들이 살아나가기엔 열악한 환경이라는 생각이 들어요. 서울이라는 도시, 그것도 홍대와 멀지 않은 연희동에서 밤의서점을 운영하며 현실적으로 가장 어려웠던 부분이 있다면 무엇인가요.

서점도 가게잖아요. 가게다 보니 맘에 들지 않으면 굳이 사지 않고 구경만 하고 돌아가도 되긴 한데, 그래도 저희 입장에서는 한 권이라도 책을 사주시는 분이 고맙게 느껴지죠. 오히려 지금보다 덜 알려졌을 때는 정말 저희 서점에 조심스러운 애정을 갖고 발걸음 해주시는 분들이 많았어요. 사진 촬영도 항상 물어보고 하시고, 책도 손상이 가지 않게 조심스럽게 펼치시는 그런 분들이요. 그런데 조금씩 매체에 알려지다 보니 서점이라는 인식보다는 예쁜 곳, 예쁜 공간이라는 부분에 초점이 맞추어지는 방문이 많더라고요. SNS에 인증하기 위한 느낌의 방문이랄까요. 그런 방문이 늘다 보니 셔터 소리는 가득하고, 손상되는 책도 많아졌어요. 물론, 공간을 소비하러 오시는 분들도 오실 권리는 있어요. 그러나 과도하게 공간을 소비하시는 분들로 인해서 정말 책을 사랑해서 방문하신 분들이 불편하게 여긴다면 그건 아니라고 생각해요. 그런 부분들의 균형을 맞추는 게 정말 어려운 것 같아요. (현재 밤의서점은 내부 촬영 불가로 바뀌었다. 사전 허락 없이는 촬영이 불가하다.)

—연희동도 젠트리피케이션gentrification 현상이 심할 거라는 생각이 드는데, 그런 부분에 대한 영향은 없으신가요?

영향이 없지는 않죠. 그래도 번화가와는 조금 떨어져 있어서 그나마 나은 편인 것 같아요. 연희동이 유명해질수록 불안해지는 마음은 있죠. 동네가 유명해지고 뜰수록 임대료도 올라가니까요.

참 어렵다. 서점이 알려지는 건 분명 좋은 일이지만, 알려지는 과정에서 어떻게 균형을 잡아나갈 건지에 대한 것이. 그리고 서울 중에서도 마포구 지역은 젠트리피케이션이 갈수록 더 심화되고 있기에 임대료라는 현실적인 측면을 감당하는 것도 끊임없는 고민의 연속일 것이다. 업종 중에서도 수익률이 낮기로 유명한 서점을 운영하는 사람들에 대한 존경심이 다시금 피어올랐다.

—얼마 전부터 생일 문고를 시작하셨는데, 해당 날짜에 탄생한 작가들의 책을 블라인드 북 형식으로 만들어 판매하는 생일 문고의 기획은 어디에서 아이디어를 얻으신 건가요?

생일 문고는 도쿄에 여행 갔을 때 어느 서점에서 봤어요. 365권의 책을 생일 문고로 소개하고 있더라고요. 근데 그건 일본어로 된 책이잖아요. 기념 삼아 가지고는 있을 수 있지만 읽을 수는 없으니까, 한국어 버전으로 해보면 어떨까 싶어서 해당 날짜에 탄생한 작가들을 열심히 검색하며 찾았어요. 폭풍의 점장이 검색에 워낙 능해서, 찾는 데 도움이 많이 됐어요. 처음에는 365권을 한다는 게 너무 부담스러워서 월별로 하자 싶었어요. 그런데 그 시기에 광화문 책 축제에 나가게 돼서 좀더 새로운 걸 해보자 싶어서 365권을 다 하는 형태로 바뀌었어요. 작가를 검색하고, 책을 찾고 포장해서 광화문에 나가는 데 시간이 워낙 한정적이라 힘들더라고요. 하필 비까지 오고요. 그래도 그 기획에 대한 반응이 워낙 좋아서 뿌듯했어요. 물론 처음의 아이디어는 일본에서 가져온 거지만, 밤의서점 식으로 새롭게 변주해서 만든 한국식 생일 문고라서 그런지 다들 신선하게 받아들여주시더라고요. 생일날 선물하는 책이 니까 어려운 책은 최대한 피하고, 시리즈도 피해서 단권으로 편하게 읽을 수 있는 책들로 구성했어요.

블라인드 북 형식은 워낙 많은 서점에서 차용하고 있어서 이제는 유니크 한 느낌은 사라졌지만, 밤의서점의 생일 문고는 기존의 블라인드 북과는 다른 느낌으로 다가온다. 내 생일에 탄생한 작가의 작품을 만나는 재미가 있달까. 그게 내가 아는 작가든 모르는 작가든, 블라인드 북을 푸는 순간 의 설렘은 모두 같을 것이다. 책 한 권, 한 권마다 점장님들이 작가와 작 품을 찾아가며 정성껏 포장해놓은 포장지를 벗겨내는 순간의 기쁨. 그것 이야말로 블라인드 북을 만나는 우리들만이 누릴 수 있는 행복감이겠지.

—밤의서점에서 만든 다이어리도 인상 깊었어요. 보통 다이어리라고 하면 1년짜리를 생각하기 마련인데, 1년 다이어리뿐만 아니라 10년 다이어리 를 만드신 걸 보고 신선하다는 생각이 들었어요. 10년 다이어리를 만들게 된 이유는 무엇인가요?

제가 여행 다니는 걸 좋아하는데요. 여행을 하다 외국에서 10 년 다이어리를 봤어요. 일본이나 미국에는 10년형이나 5년형 의 다이어리가 있더라고요. 어느 일본 드라마에서도 단정한 필체로 매일 한 줄씩 기록하는 장면이 나온 적이 있는데요. 그게 참 인상 깊었어요. 그리고 우리나라에는 아직 알려지지 않아서, 여러 용도로 쓸 수 있게 한 줄 형식으로 해서 10년 다이어리를 도입해보자 싶었어요.

—아, 그렇게 시작된 거군요. 내년에도 다이어리를 만드실 계획인가요?

네. 내년에도 만들 계획이에요.

밤의서점에서 굿즈 형식으로 만들어낸 다이어리는 서점을 닮았다. 다이어리의 색도 밤의 색깔인 블랙이고. 나도 한 권을 구입해서 매일의 일상을 기록 중인데, 아쉽게도 내가 구입한 다이어리는 10년형이 아닌 1년형이다. 1년 후의 상황도 예측하기 힘든데, 10년 동안 꾸준히 한 권에 이야기들을 담아낼 자신이 없었다. 그러나 다이어리를 쓰며 10년형을 사지 않은 걸 후회했다. 길게 일상을 기록하기보다 짤막하게 일상을 기록하는 게

많았기에, 긴 글이 아닌 짧은 키워드로 하루를 기록하고자 하는 사람에게 는 10년형이 더 잘 어울리는 옷이 아닐까 싶다. 조금 더 길게 쓰고 싶다면 1년형의 다이어리를 쓰고. 두 가지 형태로 출시된 다이어리는 그런 면에 서 참 매력적으로 다가온다. 골라 쓰는 재미가 있다.

—밤의 점장님은 인스타그램, 폭풍의 점장님은 트위터를 각각 관리하시 잖아요. 그렇게 서로 다른 플랫폼의 계정을 나눠서 관리하게 된 이유가 있 나요?

처음에 둘 다 개인 트위터 계정이 있어서, 트위터와는 좀 더 친밀했기에 서점 트위터 계정을 개설하는 부분에서는 만장일 치로 합의를 봤어요. 근데, 한창 인스타그램이 대세로 뜨던 시 기라서 주변에서 인스타그램을 하라는 권유가 많더라고요. 제 가 인스타그램 계정을 만들고 게시물 올리는 방법을 배워 운 영했는데, 인스타그램은 상당히 피드백이 빠른 느낌을 많이 받았어요. 자연스럽게 폭풍의 점장이 트위터 계정을 맡게 되 면서 둘이 하나씩 운영하게 되었어요.

—다른 서점들은 블로그를 많이 운영하는데, 밤의서점은 블로그가 아닌 브 런치brunch 계정을 운영하는 것도 기억에 남는 부분인 것 같아요. 블로그가 아닌 브런치를 사용하게 된 이유가 있을까요?

저희 둘 다 글 쓰는 걸 좋아하고, 글로 소통하고 싶어 하는 편이에요. 트위터나 인스타그램에 올리는 짧은 글로는 아쉬운 부분이 있었고, 조금 더 긴 글을 올릴 곳이 필요했어요. 그러다 인터넷에서 브런치라는 글 쓰는 공간을 알게 됐는데, 다른 플랫폼과는 다르게 좀 더 정제된 느낌이 들었어요. 블로그는 홍보성의 느낌을 띄기도 하는데, 브런치는 매거진처럼 읽을 수 있는 느낌이더라고요. 그래서 브런치를 시작하게 됐어요.

—밤의서점 브런치 계정 외에 밤의 점장님의 개인 브런치 계정에서 '인생의 낙법'이라는 주제로 잘 넘어지는 법에 대한 여러 이야기를 들려주는 것도 인상 깊었어요. 잘 버티는 것도 아닌, 잘 넘어지는 법이라는 게 특이하기도 하고요. 왜 하필 넘어지는 법으로 쓰게 되셨는지도 궁금하네요.

서점을 하다 보니, 책을 추천해달라고 하시는 분도 있지만 개인 상담을 하시는 분들도 있어요. '이런 부분은 어떻게 하면 좋을까요?'라는 물음에 '이렇게 이렇게 하는 게 좋을 것 같아요'라고 이야기하는 것도 좋지만, 제가 살아오면서 미리 넘어졌던 일에 대한 부분들을 서로 공유하면 좋겠다 싶어서 '인생의 낙법'을 시작하게 됐어요. 누군가 성공한 이야기가 도움이 되는 부분이 있겠지만, 누군가의 실패담이 위로가 되거나 도움이 될 수도 있으니까요.

—다른 서점과는 차별화된 밤의서점만의 특색이 있다면 무엇인가요?

이 공간에 와서 모르는 작가나 잊고 있었던 책을 발견하는 분들을 볼 때 정말 좋다고 생각해요. 대형 서점에서는 베스트셀러나 신간 위주의 큐레이션이 많은 데 반해서, 저희는 나온 지 오래되었어도 주목을 많이 받지 못한 책들을 큐레이션 하고 있어요. 묻혀 있는 보석 같은 책들을 발견하는 기쁨을 느낄 수 있는 게 저희 서점의 가장 큰 특색이 아닐까 싶어요.

앞에서도 이야기했던 마음의 빛 부분과 맞닿은 대답. 자신 안의 마음의 빛을 찾고, 숨겨진 보석 같은 책을 발견할 수 있는 기쁨을 가진 서점. 이런 마인드로 책 큐레이션이 되어 있는 서점을 어찌 사랑하지 않을 수 있을까. 나도 모르게 입가에 미소가 지어졌다.

—에피소드도 많을 것 같은데요. 밤의서점을 운영하면서 기억에 남는 에피소드가 있나요?

정말 많은데, 시간이 지나다 보면 잊어버리곤 해서 최근의 기억이 가장 선명하게 남아요. 인스타그램에도 올렸었는데요. 저희 서점에 오시는 손님들이 무언가를 가져다주시는 일들이 종종 있어요. 어제 "점장님, 꽃상추와 구운 계란, 사과가 있는데 좀 드릴까요?"라며 동네에 사시는 손님에게 연락이 왔어요. 그런 작은 마음들을 나누어주시는 게 좋은 것 같아요. 이곳이 생각나서 자신이 가지고 있는 것들을 나누고 베풀어주시는 게 감사하죠. 올 겨울에 서점이 침수가 된 적이 있었어요. 평일에 서점 문을 딱 여는데 주말 동안 물이 가득 찼었더라고요. 다행히도 책들은 높은 곳에 있어서 젖진 않았는데, 다른 비품들은 젖어버려서 쓰지 못하고 버렸죠. 영업도 못 하고 물을 퍼내고 있는데, 동네 단골손님이 퇴근하는 길에 그걸 보시곤 같이 물을 퍼내는 걸 도와주셨어요. 이 공간을 나처럼 아껴주는 사람이 있다는 게 좋았어요. 책 축제 나갈 때도 급하게 생일 문고를 많이 포장해야 돼서 인력이 필요했는데, 돈도 안 받으시고 밤늦은 시간까지 도와주신 분도 계시고요. 유명한 분들이 서점을 좋다고 해줄 때도 좋지만, 이렇게 공간을 아껴주는 분들을 볼 때면 가장 기쁘고 인상적인 것 같아요.

그녀의 이야기를 들으며 작은 마음들이 이 공간에 모인 순간들을 머릿속으로 상상해보았다. 상상만으로도 기분이 좋았다. 처음엔 나로 시작되었지만, 점차적으로 나 혼자만이 아닌 모두의 서점이 되어가는 과정. 그렇게 밤의서점은 모두의 서점으로 자라나가고 있었다.

—살아오면서 읽은 책 중 이 책을 만난 건 정말 행운이라고 느꼈던 책이 있나요?

저의 생애 첫 인생 책은 미우라 아야코의 『길은 여기에』예요. 미우라 아야코의 자전 수필인데요. 대학 재수를 하던 무렵에 알게 됐는데, 이 책을 읽으며 아름답게 산다는 건 이렇게 사는 거구나 하는 걸 느꼈어요. 지금 이 순간에 떠오르는 책도 있는데요. 알베르 카뮈의 『안과 겉』이라는 책이에요. 이 책은 서점을 하면서 읽게 된 책인데요. 카뮈는 소설로만 읽었는데, 수필도 좋더라고요. 내가 모르던 카뮈의 모습을 알게 돼서 좋다는 생각을 했어요. 다시 펼쳤을 때도 좋다는 생각을 했고요. 문제를 앞에 두고 도망치지 않고, 직면하는 카뮈의 자세가 매력적이었어요. 결코 쉽지만은 않은 책이기에 여러 번 읽게 되는데, 계속 펼쳐볼 만한 의미가 있는 책인 것 같아요.

—이것도 책 추천에 대한 질문인데요. 길을 걷다가 어떤 사람이 밤의서점에 들르게 됐어요. 책을 잘 읽는 사람은 아니지만, 서점에 온 김에 책을 읽어보고 싶다고 추천해달라고 말한다면 꼭 읽어보라고 추천해주고 싶은 책은 무엇인가요?

도다 세이지의 『이 삶을 다시 한번』이라는 만화책이 있어요. 만화 단편선 같은 책인데요. 글이 익숙지 않으면, 글이 같이 있는 만화나 그림책으로 시작하는 게 좋을 것 같아요. 만약 만화책이 싫다고 말하신다면, 영화로도 널리 알려진 위화의 『허삼관 매혈기』라는 소설을 추천해드리고 싶어요. 이 책은 책과 친하지 않은 분들에게도 추천해드리곤 했던 책이에요. 페이지도 잘 넘어가고, 감동적인 소설이어서 앉은자리에서 단숨에 다 읽었다는 얘기들이 많았어요.

　책과 친해지는 게 우선이기에, 처음부터 활자로 가득 찬 건 부담스러울까 봐 상대적으로 편하게 읽기 좋은 만화류를 먼저 추천해주는 모습에서 정갈하면서도 따뜻한 필체로 책 추천 띠지를 써놓은 모습이 묘하게 오버랩되었다. 띠지들을 읽었을 때 이 책은 어떨까 하는 궁금증에 읽어보고 싶다고 호기심이 들었던 것처럼, 책 추천 대답을 듣는 지금도 같은 마음이 드니까. 그런 그녀가 생각하는 이상적인 서점의 모습은 어떤 것일까.

—밤의 점장님이 생각하는 이상적인 서점이란 무엇인가요?

제가 생각하는 이상적인 서점은 오시는 손님들이 서점에서 책을 보시거나, 아니면 공간 자체에 취해서 머물고 가시고 난 후에 무언가 자기가 포기하고 있던 자그마한 부분들을 다시 시작할 수 있는 곳이었으면 좋겠어요. 정말 사소하지만 미뤄놓거나 하지 못했던 것들을 다시 시작하고, 그런 것들을 시작했다고 서점에 방문해 저에게 이야기해주신다면 정말 이상적이지 않을까 싶어요.

이제까지 이 질문을 했을 때 가장 많이 들었던 대답은 문턱이 낮은 서점이었다. 남녀노소 연령대를 불문하고 편하게 드나들 수 있는 서점이었으면 좋겠다는 것. 그러나 그녀의 대답은 달랐다. 다시 시작할 수 있는 용기를 얻는 서점이라니. 이보다 더 이상적일 수 있을까.

—매일 서점 문을 열며 하는 생각이 있다면 무엇인가요?

딱히 특별한 마음가짐을 가지고 여는 건 아니고요. 모임이 예
정되어 있는 날이라면 어떤 분들이 오실까 하는 생각들은 있
어요.

—연희동에서 가보아야 할 명소가 있다면 어디일까요?

궁동공원이라고 있는데요. 골목을 지나, 언덕을 올라가면 그
공원이 나와요. 서점에 들렀다가 그곳에 가면 좋은 산책 코스
가 될 것 같아요. 연희동이 한눈에 보이는 곳이어서 전망도 좋
고요. 야경도 예뻐서, 날씨가 맑은 날 가면 야경 구경하기에도
좋을 거예요.

—이제 마지막 질문입니다. 여행자들에게 추천해주고 싶은 여행에 관한 책
이 있다면 얘기해주시면 좋겠습니다.

김희경 작가의 『나의 산티아고, 혼자이면서 함께 걷는 길』을
추천하고 싶어요. 산티아고 여행기인데요. 이분이 여행에서 자
신을 직설적으로 정면으로 바라보는 모습들이 인상 깊었어요.

◀마지막 책 추천까지 받고, 인터뷰가 마무리되었다. 자리에서 일어나기
위해 시계를 보니 예상보다 빨리 만나 인터뷰를 시작했음에도 꽤 많은 시
간이 흘러 있었다. 그 정도로 많은 이야기를 나누었고, 인터뷰를 하기 전

보다 밤의서점에 대한 애정이 더 충만해진 시간이었다. 오래오래, 밤의서점이 연희동 골목을 밝히는 하나의 빛으로 자리했으면 좋겠다. 연희동을 떠올리면 가장 먼저 생각나는 서점이 되길 바라며, 밤의서점과 함께 서울에서의 나의 밤은 반짝반짝 짙게 물들어간다.

행복은 바로 이곳, 남산

서울에 왔으니, 서울 하면 떠오르는 곳, 남산으로 산책을 하러 가야겠다고 생각했다. 푸르른 나무들이 한데 모여 나를 반기는 남산. 남산에 들어서자마자 크게 심호흡을 하고, 폐 속 가득 맑은 피톤치드를 들이마셨다. 피톤치드가 혈관 곳곳을 간질이는 느낌에 온몸이 정화되었다.

잠시 남산을 천천히 거닐다, 늦은 점심을 먹기 위해 준비해 온 음식들을 벤치를 식탁 삼아 풀어놓았다. 임시방편으로, 음식을 담아 온 뚜껑을 바닥에 깔아놓고 풀썩 주저앉았다. 이렇게 나무들이 가득한 야외에서 무언가를 먹는 건 오랜만이어서 그런지 소풍을 온 것 같았다. 20대 초반, 누군가를 강렬하게 마음에 품고 있던 시기에 그와 함께 용두산 공원에 앉아 먹었던 도시락의 기억들이 떠오르기도 하고. 여러 기억을 곱씹으며, 함께 남산에 온 일행과 도란도란 이야기를 나누는데 그 순간이 참 따뜻하고 행복했다. 혼자 도보로 와도 분명 좋은 곳이지만, 누군가와 함께 와 기억의 한 귀퉁이를 공유할 수 있다는 건 얼마나 큰 행운인가 싶다. 지저귀는 새소리도 아름답게 느껴지는 오후의 햇살 속, 그렇게 남산에 있었다.

도란도란한 식사가 끝나고 뒷정리를 한 후 남산에서 내려오는데 불현듯 그런 생각이 들었다. 내가 걷고 있는 이 시간이 참 반짝거린다는 것을. 지금 내 곁에는 따뜻한 시선으로 날 아껴주는 소중한 사람이 있고, 그런 사람과 함께 이런 소소한 행복의 시간을 보낼 수 있는 건 축복과도 같다. 행복은 멀리 있지 않다. 행복은 바로 여기, 지금, 내 앞에 있다.

광주

어디서도 볼 수 없는
역사·연극 희귀본을
읽고 싶다면

https://www.instagram.com/boysbookshop/

광주광역시 동구 충장로46번길 8-17

인문사회과학예술서적
소년의서[書]

인문사회과학예술서적
소년의서[書]

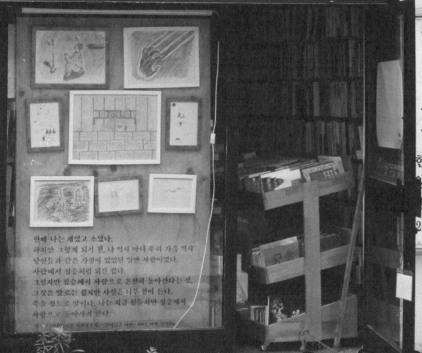

원
앙
자
수

한 복
양 장
활 한복

225·220

한때 나는 개였고 소였다.
하지만 그렇게 되기 전, 나 역시 아니 우리 가족 역시
낯선들과 같은 가정이 없었던 일반 사람이었다.
사람에서 짐승처럼 외긴 겁다.
그렇지만 짐승에서 사람으로 온전히 돌아간다는 것,
그것은 말로는 쉽지만 사실은 너무 힘이 든다.
죽을 정도로 말이다. 나는 지금 힘들지만 짐승에서
사람으로 돌아가려 한다.

**소년의
서**

다른 도시에 발걸음 할 때와 달리 광주로 가는 걸음은 묵직함이 가득했다. 우리나라 현대사에서 가장 중요한 도시 중 하나인 광주. 광주에서 가장 오래된 극장이자 지금도 여러 좋은 영화들을 상영하고 있는 광주극장의 옆 골목으로 들어가면 오늘 내가 이야기를 듣고자 하는 책방이 나온다. '소년의 서(書)'. 처음 책방 이름을 들었을 때부터, 강하게 나를 사로잡은 이 공간은 과연 어떤 이야기를 품고 있을까. 기대감을 품으며 나는 소년의 서의 문을 노크했다.

소년의 서 책방지기 임인자 님의 첫인상은 여러 기사 사진들로 보아온 것보다 훨씬 포근했다. 사진으로 보았을 때는 예술가 특유의 날카로움이 묻어나 있어서, 직접 만나서 인터뷰를 진행할 때 혹여나 내가 버벅거리지는 않을까 싶었는데 그것은 기우에 지나지 않았다. ▶

광주 소년의 서 대표●임인자

©최성욱

—안녕하세요. 먼저 자기소개부터 부탁드립니다.

안녕하세요. 저는 소년의 서 책방지기 임인자입니다. 연극을
하고 있고요. 오랫동안 서울 대학로에서 활동을 하다가 광주
로 내려오게 되었어요.

—아, 원래 광주분이 아니셨나요?

광주사람이 맞긴 해요. 고등학생 때까지 광주에서 지내다가,
대학을 서울로 가게 돼서 그때부터 쭉 서울에 있다가 2016년
초에 다시 광주로 내려오게 되었어요.

—소년의 서의 뜻이 궁금합니다. 책방 이름인 소년의 서는 어떤 의미를 가
지고 있나요?

제가 변방연극제라는 연극제에서 예술 감독을 오랫동안 했었
어요. 변방연극제를 하면서, 우리 사회의 억압된 존재들을 알
게 됐고 그중 형제복지원 인권유린 사건의 피해 생존자분을
알게 됐어요. 그분이 『살아남은 아이』라는 책을 쓰셨는데요.
이 책을 좀 팔고 싶다는 생각이 들었어요. 그러면서 아직 해
결되지 않은 것들, 해결이 되어야 할 것에 대한 생각을 담아
서 책방 이름도 정해지게 되었어요. 많은 사람이 불완전하다
고 생각하지만, 절대 그렇지만은 않은 권리를 가진 존재가 소
년이라는 생각이 들어서 소년의 서라는 이름으로 책방 이름이

최종 결정되었어요.

광주에 인터뷰를 가야겠다고 마음먹었을 때 참 많은 책방이 있어서, 한 곳을 고르기가 정말 어려웠다. 한창 고민하고 있는데, 소년의 서의 이름을 보자마자 고민은 사라졌다. 바로 여기다 싶었다. 이름부터 광주라는 도시의 느낌을 닮은 이 책방으로 가고 싶다는 강렬한 욕구가 피어올랐다. 내 선택은 옳았다. 소년의 서라는 이름처럼, 이름에 담긴 뜻도 광주를 닮았다.

—소년의 서는 인문사회과학예술서점인데요. 옛날에는 인문사회과학 서점이 많았지만, 지금은 드물어요. 인문사회과학예술전문서점으로 운영하게 된 이유가 있으신가요?

제가 광주에서 성장을 해서 그런지, 사회·역사 맥락에 대한 고민이 많이 들더라고요. 형제복지원 사건이나, 용산 참사 사건 등을 보면서 다시 사회적인 부분으로 회귀해서 관심을 기울여야 할 때라는 생각이 들었어요. 지금 시대야말로 사회과학 서적을 다시 읽어야 할 때다 싶더라고요. 그래서 저희 책방에는 1970~1980년대 사회과학 서적이 다른 책들보다 많은 편이에요.

소년의 서에 가야겠다고 마음을 먹은 후 가장 흥미로웠던 부분은 인문사회과학예술서점이라는 타이틀이었다. 작은 책방 중에 이런 타이틀을 내걸고 운영되는 곳은 내가 알기로는 소년의 서뿐이다. 책도 잘 안 팔리는 요즘 같은 시대에 이런 책방이 있다니. 책방지기의 철학이 묻어나는 이 공간에 나는 금세 매료되었다.

—소년의 서가 위치한 광주 충장로는 광주의 과거와 현재가 공존하는 동네라는 느낌이 많이 들어요. 오랜 시간 자리를 지켜온 광주극장이 있기도 하고요. 아직 과거인 소년·소녀가 미래에 와서 오늘을 본다는 책방의 슬로건과도 어울리는 동네고요. 충장로에 자리를 잡게 된 계기가 있나요?

우선 제가 광주극장을 좋아하는 마음이 강했던 게 가장 큰 영향을 끼쳤어요. 이곳 충장로는 금남로 옆이에요. 제가 광주에서 성장을 할 때, 금남로에서 독서실을 다녔는데, 많은 사람이 5·18 민주화운동 진상규명을 위한 활동에 참여하는 모습을 보았어요. 민주화에 대한 모임도 많이 이루어진 동네이기도 하고요. 그런 모습들도 강렬하게 기억에 남아 있고, 여러 가지

역사를 생각하다 보니 광주극장 옆으로 오는 게 제일 좋겠다
는 생각이 들어서 이곳에 자리를 잡게 되었죠.

광주에 여러 동네가 있는데, 왜 하필 충장로일까 궁금했다. 그녀의 이야
기를 들으며 충장로에 자리를 잡은 건 신의 한 수라는 생각이 들었다. 영
화를 상영하는 광주극장과 인문사회과학예술서적 책방의 조화라니. 한동
네에 이렇게 좋은 공간들이 모여 있다니. 이보다 더 매력적일 수 있을까
싶다.

—책방 앞에서 보니 서가의 뒤편을 이용해 형제복지원에 대한 글과 그림들
이 담겨 있는 것들이 새겨져 있더라고요. 대표님에게 있어서 형제복지원은
어떤 의미를 가지고 있는지 궁금합니다.

오랫동안 변방연극제를 하면서, 변방의 의미가 무엇일까 생각을 했었어요. 그러다 형제복지원 사건을 만나면서 우리 사회가 민주화와 경제발전이라는 거대한 두 가지의 서사로 이루어져 있는데, 큰 대의를 추구하면서 그 속에 숨겨진 것들을 보지 못했다는 생각이 들었어요. 저 역시도 변방이 무엇인가를 추구하면서도, 제도 밑에 깔려 있던 것들은 보지 못했구나 싶었죠. 그래서 매우 큰 자각이 왔어요. 형제복지원 사건의 피해자분들을 만나면서, 제도와는 굉장히 거리가 먼 느낌을 받았어요. 저 같은 경우에도 제도 안에서만 쭉 살아왔기 때문에, 밖을 벗어난 적이 없었어요. 제도 밖의 삶은 생각조차도 못 했죠. 근데 이분들 같은 경우에는 형제복지원이 폐쇄된 이후 아예 제도 밖으로 밀려난 케이스예요. 정말 상상 밖의 삶이어서 충격적이었고, 이걸 알려야겠다는 생각이 들었죠. 여기서 인상적인 게 두 가지가 있었는데요. 첫 번째로는 피해 생존자 한종선 님이 아무리 인권활동가들에게 도움을 요청해도 다들 들어주지 않고 외면했다고 해요. 공소시효가 지난 옛날 사건이라 손을 내밀 수 있는 곳이 없었던 거죠. 이런 이야기를 들었을 때 너무 처참하게 느껴졌어요. 두 번째는 겉으로 드러난 것이 다가 아닌, 제가 모르는 게 참 많다는 거였어요. 제가 어느 하나에 빠지면 파고드는 스타일이라, 이 사건에 대해 많이 찾아봤어요. 이분이 『살아남은 아이』라는 책을 썼는데, 이 책을 쓰기 전에 이분의 아버지와 누나가 정신병원에 갇혀 있는데 그게 너무 억울하다며 글을 인터넷에 올린 걸 봤어요. 또 다른 글도 있었는데요. 선거날, 투표를 하기 위해 새벽 4시에 투표장에 갔대요. 어떻게든 권리를 행사하기 위해 투표장에 갔는데 그것조차도 참 쉽지 않았다는 글을 보고 눈물이 났어요. 저에게는 너무도 당연한 게 그분에게는 당연하지 않다는 사실이 슬펐죠. 그래서 밖에 있는 문구를 새긴 거예요. 인간이 짐승이 되긴 쉽지만, 짐승이 다시 인간이 되기는 어렵거든요.

인터뷰를 준비하며 형제복지원 사건에 대해 열심히 찾아보았다. 영상도 살펴보고, 구술집과 자료들도 읽어보면서 나름의 공부를 했다. 원래도 이 사건을 알고는 있었지만, 내가 알고 있던 것은 빙산의 일각에 불과하다는 사실을 깨닫게 되어서 매우 충격적이었다. 마음이 너무 아팠다. 피해 생존자들은 고통에 몸부림치며 삶을 살아나가고 있는데, 가해자와 그 가족들은 아무런 죄책감 없이 편안한 삶을 산다는 사실이 소름 끼치게 슬프고 화가 났다. 그녀는 형제복지원 사건의 해결을 위해 함께 국회 앞에서 농성을 하는 등 직접 발로 뛰며 돕고 있었다. 한참 동안 형제복지원에 관한 이야기를 나누며, 나는 내가 할 수 있는 것이 무엇일까 생각해보았다. 내 주변에 이 사건에 대해 아는 사람이 많아지길 바라며 알리는 것이 당장 내가 할 수 있는 가장 손쉬운 일이었다. 나는 미해결된 이 사건이 해결되는 그날까지 잊지 않게 최선을 다해 열심히 알리겠노라 마음속으로 결심했다. 이번 질문으로 조금은 무거워진 분위기의 전환을 위해 다음 질문을 던졌다. 소년의 서의 큐레이션은 어떤 식으로 이루어지고 있을까.

—소년의 서에서 가장 초점을 두고 책들을 큐레이션 하는 부분이 있다면 어떤 것인가요?

5·18이 있어서 그런지 광주를 인권도시라고 많이들 말씀하시는데요. 인권도시라고 불리는 만큼 되게 열린 도시라고 생각을 하는데, 광주는 아직 가부장적인 면이 많은 도시예요. 5·18민주화운동에 많은 여성이 앞서서 행동했는데, 그런 서사들이 많이 묻혀 있어요. 그렇기에 여성의 시선으로 바라본 광주에 대한 책이나, 미투Me Too 운동으로 페미니즘에 대한 관심도 많이 촉발된지라 그런 부분에 대해 이야기를 해보고 싶어서 페미니즘에 관한 책도 많이 가져다 두고 있어요. 인권에 관한 책들도 있고, 인문사회 계열 중심으로 나름의 큐레이션을 하고 있고요.

인문사회과학예술서점이라는 정체성에 맞는 큐레이션과, 묻힌 여성의 이야기들을 발굴하는 느낌의 큐레이션은 인상적이었다. 책방의 분위기와 하나 되는 큐레이션. 책방 곳곳에서 묻어나는 그녀의 큐레이션은 이곳이 지향하는 바가 무엇인지를 확실하게 보여주고 있었다.

—SNS를 살펴보니 대인시장(대인시장은 광주의 중심지인 대인동에 자리한 광주 3대 전통시장중 한 곳으로, 문화와 예술이 접목된 시장이다)에 자주 출장

책방을 하러 나가시더라고요. 책방을 벗어나 책 판매를 하는 건 에너지가 필요한 일이라는 생각이 들어요. 대인시장에서 출장 책방을 하시게 된 이유가 있나요?

이건 굉장히 현실적인 이유인데요. 책방이 워낙 골목 안쪽에 있다 보니 월세라도 벌려면 나갈 수밖에 없었어요. 책방이기 때문에 다른 일이 아닌, 책을 팔아서 월세를 만들고 싶더라고요. 토요일마다 대인시장에서 야시장이 열리는데 공연이 열리는 주 빼고는 항상 나가서 출장 책방을 열고 있어요.

—그럼 대인시장에 나가시면, 고정적으로 자리를 잡고 출장 책방을 운영하시는 건가요?

고정적이진 않고, 조금씩 자리가 달라지긴 해요. 저는 예술가 셀러Seller로 나가고 있는데요. 계속 대인시장을 나가지만 아직도 손님들이 어떤 책들을 좋아하는지 파악하기 힘들어서 제가 팔고 싶은 책과 판매가 되지 않을까 예상되는 책들을 적절히 선택해서 가지고 나가는 편이에요. 대중들이 많이 찾는 책을 가지고 간다고 해서 무조건 잘 팔리는 건 아니어서, 계속 큐레이션을 실험하는 단계에 있어요. 그래도 5·18 서적, 사회과학책은 언제나 챙겨가고 있어요. 굳이 판매가 되지 않는다 하더라도, 그것 나름의 문화적 효과가 있다고 생각하거든요. 기존에 흔히 볼 수 있는 책들과 다르기에 한 번 더 들여다보게 되고, 그 책들로 인해 호기심을 가지고 책방으로 직접 방문해 주시기도 하고요.

─온라인 주문도 받으시던데요. 손님이 고른 세 가지 키워드를 바탕으로 추천 도서를 보내주는 형태더라고요. 이 시스템은 어떻게 시작되었나요?

손님들이 희망하는 책들의 키워드를 정해주시면, 제가 그 키워드에 맞춰서 책을 보내드리고 있어요. 서점 오픈 초기에는 많이 했는데요. 요즈음은 그렇게 활성화가 되고 있진 않아요. 이걸 하면서 대체로 보내드리는 책의 형태는 비슷했는데요. 5·18 민주화운동 관련 책과 『살아남은 아이』는 꼭 넣어서 보내드리곤 했어요. 나머지는 키워드에 맞춰 보내드리고요. 자신이 읽고 싶은 책을 직접 찾아서 보는 것도 큰 재미지만, 이렇게 예상하지 못한 책들을 발견하는 기쁨도 크기 때문에 많이들 흥미로워하세요. 그런 것 때문에 온라인으로 주문을 받기도 하고요, 타지에서 구매하시는 분들도 많아서 이 시스템을 도입하게 되었어요.

소년의 서의 SNS에는 온라인으로 책을 신청할 수 있는 폼이 마련되어 있다. 원하는 책을 직접 고르는 형태가 아닌 키워드를 통해서 신청받는다는 게 무척 신선하게 느껴졌다. 키워드에 맞춰 책을 보내되, 책방의 정체성과 맞는 5·18 서적과 『살아남은 아이』가 꼭 들어간다는 사실도 인상적이었다. 그녀의 말처럼 읽고 싶은 책을 직접 찾아보는 것도 재미있지만, 예상치 못한 책을 만나게 되는 것도 큰 기쁨이다. 프랜차이즈 책방에서는 느낄 수 없는 재미, 이것이야말로 동네 책방이기에 가능한 즐거움이 아닐까.

ᒐ

—대표님은 원래 연극 연출을 전공하셨다고요. 그래서 연극 공연으로 종종 주말에는 책방을 닫기도 한다던데, 주로 어떤 공연을 기획하고 연출하는 일을 하시고 계신지 궁금해요.

주말에 하는 공연은 광주의 대촌이라는 지역에서 하는 공연인데요. 그곳의 문화자원을 이용한 공연이에요. '얼쑤'라는 전통 타악을 하는 팀과 함께 향악을 하는 프로그램을 진행하고 있어요. '향악과 놀자'라는 프로그램이에요. 그 지역이 의병도 일어났고, 고싸움도 마을의 전통으로 남아 있어요. 다른 곳은 이런 것들이 마을이 아닌 가문에 귀속이 되어 있는데, 이곳은 마을 전체의 것이거든요. 제가 서울에 있을 때는 몰랐던 이런 공동체 의식을 가진 자원들이 조금 더 귀하게 여겨져야 되지 않을까 싶어서 공연 기획을 하게 됐어요. 그래서 대촌에서 공연과 전시, 체험을 함께 하는 프로그램으로 현재 진행되고 있어요. 처음에는 걱정이 많았는데, 막상 진행을 해보니 많은 분이 참여해주시고 좋아해주셔서 흥미로운 것 같아요.

─광주는 소년의 서를 비롯해 많은 작은 책방들이 자리하고 있는데요. 소년의 서에서 추구하는 이미지가 광주라는 도시와 많이 닮아 있어서 흥미롭다는 생각이 들어요. 앞으로 소년의 서가 광주라는 도시에서 어떤 책방으로 남았으면 좋겠다고 생각하세요?

사실 지금까지는 책을 판매하는 것 이상의 활동을 하진 않았었어요. 근데 운영을 하다 보니 여러 문제의식들을 느끼게 되더라고요. 특히, 삶에 대한 문제의식요. 갈수록 도시가 자본에 종속되고 개인화되는 부분들이 심화되고 있어요. 그래서 그런 사회 도시 구조에 대한 공부와 다른 감각으로 도시를 바라볼 수 있는 프로그램들을 만들어서 사람들과 나누고 싶어요. 지금까진 조용한 편이었다면, 이제는 차근차근 준비해서 사람들에게 이야기를 걸 때가 된 게 아닌가 하는 생각이 들어요.

─다른 책방과는 차별화된 소년의 서만의 특색이 있다면 어떤 것이라 생각하세요?

저희 책방에는 연극 관련 희귀본들이 있어요. 따로 판매하지는 않고 있지만요. 책방에 오시면 다른 데서는 쉽게 접하기 힘든 희귀본들을 만나보실 수 있어요. 연극 외에 5·18 관련 서적도 마찬가지고요.

다른 곳에서는 접할 수 없는 귀한 5·18 관련 서적을 그녀의 도움으로 보았다. 꽤나 5·18에 관한 자료를 많이 보았다고 생각했는데, 내가 보지 못하고 알지 못했던 게 아직도 많구나 싶어서 기분이 묘해졌다. 시간이 한 정되어 있어 모든 자료를 살펴보지 못한 게 아쉽지만, 그렇기에 다음번 방문의 확실한 구실이 생겨서 좋다.

—소년의 서를 운영하면서 기억에 남는 에피소드가 있나요?

가장 기억에 남는 건, 책방을 오픈하려고 준비했는데 문화예술 계 블랙리스트 문제(박근혜 정부에서 야당 후보인 문재인, 박원순을 지지하거나 세월호 참사에 대해 목소리를 낸 문화예술인에게 불이익을 주기 위해 비밀리에 작성한 명단)가 터져서 서점을 바로 열지 못하고 광화

문에서 블랙리스트 관련한 시위로 노숙을 하게 됐던 거였던 것 같아요. 그래서 서점 오픈일이 언제라고 명확히 말하기가 어려웠던 기억이 나네요. 또 다른 건 어느 고등학교 선생님이 서점에 오셨다가 1970~1980년대 금서로 지정됐던 사회과학 서적들이 이곳에 있어서 놀랐다고, 저한테 이런 책을 가져다 두어도 괜찮냐고 하셨던 적이 있어요. 아직도 사람들이 그런 부분에 대해서 겁을 내고 있다는 게 느껴지더라고요. 근데 그분이 다음다음 날쯤 서점에 다시 오셔서 이곳과 색깔이 맞을 것 같다고 하시면서, 금지 희곡선 책들을 가져다주셨어요. 예전엔 금서로 취급받았던 책들이죠. 정말 신기했던 건 제가 그 책을 다른 분에게 판매해서 가지고 있지 않은 상태였는데, 같은 책이 다시 저희 책방으로 왔다는 거였어요. 너무 신기했어요.

정신의 목소리를 낸다는 것만으로 블랙리스트로 지정되어 불이익을 받는다는 건 얼마나 부당한 일인가. 그녀의 목소리에서 블랙리스트 사태 때의 고단함이 느껴져서 안타까운 마음이 들었다. 책방을 열기까지 얼마나 많은 마음고생이 있었을까.

—대표님이 이제껏 살아오면서 읽은 책 중 정말 행운이라고 느꼈던 책이 있나요?

『전태일 평전』과 『오래된 미래』요. 두 책 다 대학교 1학년 때 읽었는데요. 당시에 전태일에 대한 영화 〈아름다운 청년 전태일〉이 개봉했었어요. 영화를 통해서 전태일을 알게 되고, 책도 읽게 되었어요. 전태일이 자신을 희생해서 근로기준법에 대해 항거했던 게 인상적이었어요. 『오래된 미래』는 대학 구내서점에서 처음 만났는데요. 그 당시에 오래된 미래라는 개념이 생소했던 터라, 어떤 건지 궁금해서 읽게 되었어요. 책을 읽고, 나중에 인도 여행을 다녀와서 오래된 미래라는 개념이 어떤 건지 구체적으로 알게 되었고, 자신만의 긴 호흡으로 세상을 살아가는 것에 대해 생각해보게 되었죠. 주체적으로 자신의 삶을 살아가는 것에 대한 생각들을 안겨준 책이에요. 최근에는 『살아남은 아이』를 꼽을 수 있고요.

인생에서 큰 의미를 가지는 책을 스무 살에 만났다는 것 자체로도 큰 행운인데, 그 책들이 삶에도 영향을 끼쳤으니 이보다 더 반가운 마주침이 있을까. 어쩌면, 저 책들을 만난 건 필연적이었을지도 모른다. 저 책들을 만남으로써 먼 훗날 소년의 서가 탄생하는 데도 큰 토대가 되었을 테니.

―책을 읽지 않는 사람이 소년의 서에 와서 책을 읽어보고 싶다고 추천해 달라고 한다면 추천해주고 싶은 책이 있나요?

『살아남은 아이』를 제일 먼저 추천하고 싶고요. 『죽음을 넘어 시대의 어둠을 넘어』도 추천합니다. 이 책은 광주의 5월을 최초로 기록한 책이거든요. 그 외에는 대화를 통해서, 그분에게 맞는 책을 추천해드리고 싶어요.

『살아남은 아이』와 『죽음을 넘어 시대의 어둠을 넘어』는 시대의 어둠을 느낄 수 있음과 동시에 소년의 서라는 책방의 색깔을 가장 잘 알 수 있는 하나의 키워드 같은 책이다. 이곳을 방문하는 사람들이 저 책들을 만나 좀 더 폭넓게 우리 사회에 대한 관심을 가졌으면 하고 바라본다. 문득, 사회에 대한 관심이 남다른 그녀가 생각하는 이상적인 서점은 어떤 서점일까 궁금해졌다.

—대표님이 생각하는 이상적인 서점이란 무엇인가요?

서점을 통해서 사람들이 책을 많이 읽을 수 있는 환경이 조성된다면 가장 좋을 것 같고요. 사람들이 모여서 함께 사유할 수 있는 공간의 서점이면 더 좋을 것 같아요.

—매일 소년의 서의 문을 열며 하는 생각이 있으세요?

오늘은 책을 사러 오는 사람이 많으면 좋겠다는 생각이 가장 많이 들죠.

—이제 마지막 질문입니다. 대표님에게 있어서 광주는 어떤 의미를 가지는 도시인가요?

광주는 저에게 질문을 던져주는 도시예요. 어릴 때 가스 냄새를 맡고, 길바닥에 놓인 화염병들을 보면서 세상에 대한 걸 배우며 자랐기 때문에, 제가 알고 있는 세계가 다가 아님을 알게

해주고 그 너머를 궁금하게 했던 곳이거든요. 그렇기에 광주
는 아직도 해결되지 않은 것들이 있다면, 그것을 위해 행동해
야 한다는 가르침을 주는 도시라고 생각해요.

◀ 미해결 된 것들이 있다면, 그것을 위해 행동해야 한다는 가르침을 주는
도시. 그 말처럼 그녀는 이미 행동하고 있고, 책방으로도 그 행동들을 보
여주고 있어서 존경스러웠다. 인터뷰를 마무리하며 소년의 서에 오길 참
잘했다고 생각했다. 짧은 시간 동안 이 공간에서 많은 걸 배우고 느꼈으
니까. 광주를 닮은 책방, 소년의 서. 작지만 단단한 이 책방이 오래도록 광
주에서 자리를 지켜나갈 수 있기를 소망하며 잔뜩 혈관이 뜨거워진 느낌
과 함께 책방 밖으로 나왔다. ¶

한국의 우유니, 활성산

이제까지 인터뷰를 하러 가면, 숙소를 따로 잡는 일이 많았다. 지인이 있는 도시라면 지인의 집에 종종 머무르기도 했다. 그러나 이번은 달랐다. 숙소를 따로 잡지도 않았고, 지인의 집에 머물지도 않았다. 나의 이번 숙소는 바로 '텐트'였다.

광주에서 차로 1시간이 걸리는 영암 활성산. 활성산이 이번 여정에서 숙소를 담당할 장소였다. 캠핑을 좋아하는 지인이 보내준 활성산 일출 사진에 홀려 활성산에 꼭 가고 싶다고 졸랐더니, 흔쾌히 가자는 대답이 왔다. 그래서 해 질 무렵 활성산에 도착해 해가 지는 것을 바라보며 텐트를 쳤다. 처음 만난 활성산은 풍차 때문인지, 아니면 산 능선 때문인지는 몰라도 제주도의 용눈이 오름 같았다. 육지에서 용눈이 오름을 만난다면, 활성산이 아닐까 싶을 정도로 활성산은 용눈이를 닮아 있었다. 때마침 같이 캠핑을 한 일행도 제주도에서 처음 인연을 맺었던 사람들이었기에, 제주를 닮은 곳에서 이렇게 같이 시간을 보낸다는 사실이 더 의미 깊게 다가왔다.

날씨가 워낙 좋았던 탓인지 일몰 못지않게 일출도 아름다웠다. 풍차 소리 때문에 잠을 설쳤지만, 텐트 밖으로 나와 아침 햇살에 붉게 물들어가는 하늘을 바라보고 있으니 심장이 쿵쿵 뛰었다. 이보다 더 아름다울 수 있을까 싶을 정도로 감탄을 자아내는 하늘. 여러 가지 색으로 변화하는 하늘을 보고 있자니, 아직 가보지는 못했지만 사진으로 많이 접했던 우유니 사막이 떠올랐다. 한국에 우유니가 있다면 바로 활성산이 아닐까. 활성산은 산의 우

유니다. 너무도 아름다운 순간을 좋은 사람들과 함께 보낼 수 있다는 게 축복 같았다. 그들과 같이 자연의 신비를 몸소 느끼는 지금 이 순간, 나는 세상에서 가장 행복한 사람이다.

부산

도심 속 오아시스,
꿈을 키우는
초록 지붕 집

https://www.instagram.com/indigoground/
www.indigoseowon.net

📍 부산광역시 수영구 수영로408번길 28

청소년을 위한 인문학 서점

인디고 서원

since 2004

인디고
서원

끝이 없을 것만 같던 무더위를 자랑하던 여름이 지나가고 어느샌가 조금은 썰렁해진 가을 날씨에 인디고 서원을 찾았다. 이제까지 인터뷰를 진행한 서점들의 이야기 모두 듣고 싶고 궁금했지만, 이곳은 더더욱 궁금했다. 부산에서 10년이 넘는 시간을 우직하게 지켜온 인디고 서원. 인터뷰 허락을 받고 꿈만 같고 믿기질 않아서 답장을 계속 들여다보았는데, 지금 이 순간 드디어 꿈이 아닌 현실의 시간 앞에 서 있다. 긴장되고 떨리는 마음을 가라앉히며 이제 나는 인디고 서원의 문을 연다. ▶

—안녕하세요. 먼저 자기소개부터 부탁드립니다.

안녕하세요. 저는 인디고 서원의 이윤영 실장이라고 합니다. 인디고 서원에서 직원으로 일한 지는 5년째지만, 이곳에서 활동한 지는 15년째입니다.

부산 인디고 서원 실장●이윤영

©인디고 서원

INDIGO+ing

62

—인디고 서원의 뜻이 궁금합니다. 인디고 서원은 어떤 뜻을 가지고 있나요?

인디고 서원은 청소년을 위한 인문학 서점입니다. 인디고Indigo 는 쪽빛 색깔을 뜻해요. 1980년대 이후 태어난 이들로, 창의적이고 주체적이고 독립적이라 시대를 밝히는 세대를 가리켜 심리학에서 '인디고 아이들Indigo Children'이라고 부르는데요. '청출어람 청어람靑出於藍 靑於藍'이라는 말처럼, 이곳에서 배우는 아이들이 쪽보다 더 푸른 청이 되길 바라는 교육의 의미를 담고 있는 단어이기도 하고요. 청소년들이 책을 읽는 정원이라는 뜻에서 인디고 서원이라는 이름이 붙여지게 되었죠.

—책을 좋아하는 사람은 많지만, 서점이라는 공간에서 막상 일하는 사람은 생각보다 많지 않은데 인디고 서원에서 일하게 된 계기가 무엇인가요?

이곳에서 일하는 모든 직원들은 청소년기부터 인디고 서원에서 책을 읽으면서 함께 공부했던 사람들이에요. 일을 하게 된 계기는 제가 청소년기에 이곳에 오게 된 이유부터 설명을 해야 될 것 같네요. 이곳에 처음 오게 된 이유가 다 달라요. 저 같은 경우는 부모님이 보내서 오게 됐어요. 그렇게 처음에는 반강제적으로 시작했지만, 나중에는 자발적으로 같은 뜻을 가진 사람들끼리 함께 모여 일을 하게 됐어요. 인디고 서원에서는 모든 일이나 행사가 다 유기적으로 연결되어 있어서, 각자의 업무만 하는 게 아니라 모든 부분의 일을 다 할 줄 알아야 해요. 인디고 서원 안에서 서로의 시간을 공유하며 일을 해나 간다는 게 이곳만의 독특한 면이라고 봐요.

첫 발걸음은 타의적이지만, 어느새 자발적으로 걸음을 하게 되어 인디고 서원의 주축이 된 실장님. 15년이라는 시간 동안 이곳과 함께한 걸 보면, 어쩌면 인디고 서원은 그녀에게 운명과도 같은 곳이 아니었을까 싶다.

—인디고 서원은 청소년들이 사유할 수 있는 주체로 성장하길 바라는 마음으로 연 서점이라고 들었어요. 청소년을 위한 인문학 서점이라는 슬로건 때문에 청소년만 올 수 있는 곳이라는 오해를 받기도 했을 것 같은데요. 그런 부분에 대한 에피소드가 있나요?

일단 '청소년을 위한다'라고 하니까 선입견들이 많아요. 우리 사회에서는 아이들을 지도하는 대상으로만 보기 때문에 청소년 스스로도 그렇고 어른들도 청소년을 주체적으로 보지를 않죠. 그렇기 때문에 청소년을 위한 서점이라고 하면 유치하고 수준 이 낮다고 지레짐작하는 경우들이 있더라고요. 그에 반해 청소 년들은 청소년을 위한다는 게 어떤 건지를 잘 모르니까 선뜻 이 공간에 발걸음을 하기 어려워하고요. 인디고 서원이 문을 연 지 이제 14년이 되었는데요. 그 시간 동안 정말 많은 노력을 기울 였어요. 청소년만 이용할 수 있는 공간이 아니라, 모두가 함께 가꾸고 만들어가는 공간이라는 것을 알리기 위해서요.

—2004년에 처음 인디고 서원이 오픈했잖아요. 그때는 지금과는 다르게 규모가 훨씬 작았다고 들었어요. 현재 위치한 초록 지붕 집으로 2007년에 이사하면서 공간이 확장되었다고요. 다른 동네로 이사 갈 수도 있는데 남천동에서 계속 서점을 이어가는 이유가 있나요?

방문해주시는 분들 중에는 인디고 서원이 분점인 줄 아는 분도 있었어요. 부산에 이런 공간이 있다는 게 놀랍게 느껴졌던 거죠. 여러 좋은 제안도 많이 받았어요. 서울로 본거지를 옮기라거나, 대형 백화점에 입점하는 건 어떻겠냐는 제안을요. 만약 그랬다면 돈은 훨씬 많이 벌었을 수도 있겠지만, 인디고 서원의 뿌리는 바로 이곳 남천동이기에 단호하게 대표님께서 거절하셨어요. 쉽게 성공할 수 있는 길을 선택하는 것이 아니라 자신이 있는 곳이 세상의 중심이며, 그곳에서 쓸모 있는 일을 창조하고 지속하는 것이 옳은 방식이라 생각하셨기 때문이죠. 인디고 서원이 초록 지붕 집으로도 불리는데, 초록 지붕 집은 〈빨간 머리 앤〉에서 모티브를 따왔어요. 앤이 항상 다락에 올라가 새로운 세계를 상상하고 꿈꾸었기에, 아이들에게 그런 공간을 만들어주고 싶었어요. 주변 높은 건물의 옥상에 올라가 동네를 내려다보면, 저희 인디고 서원만 정원이 있어서 녹색이에요. 다른 곳들은 회색 콘크리트 벽만 보이죠. 그런 의미에서 인디고 서원은 학원이 가득한 남천동이라는 동네에서 하나의 오아시스 같은 역할을 하는 곳이라고 생각해요. 그러한 이유들도 있고, 허아람 대표님을 비롯해 저희 모두 부산 사람이기에 부산에서 뿌리를 내리고 활동하는 게 자연스럽고요. 그렇기에 이전할 이유도, 분점을 낼 이유도 없기에 이곳에서 자연스레 계속 자리를 잡고 있는 게 아닌가 싶어요.

—인디고 서원이 위치한 남천동은 학원가로 유명한 동네인데요. 학원가로 유명한 동네에 청소년들에게 숨통을 틔워줄 수 있는 이런 서점이 있다는 사실이 흥미로워요. 서점으로 인해 작은 해방감을 맛보게 하려는 뜻도 담겨 있나요?

일단 여기 주변에 서점이 없었어요. 인디고 서원이 문을 연 2004년은 대형서점에 밀려 작은 책방들이 한창 문을 닫기 시작한 시점이어서 참고서가 아닌 책들을 구할 수 있는 곳이 없었어요. 때마침 새로운 형태의 문화 공간을 항상 갈망하셨던 대표님께서 휴가로 떠난 유럽 여행에서 서점을 순회하셨고, 그곳에서 일상생활 깊숙이 들어온 문화의 중심이 서점이라는 걸 보고 돌아오는 비행기에서 이름을 짓고 기획한 것이 바로 인디고 서원이에요. 그래서 인디고 서원은 어떤 의도가 있어서가 아닌 필요에 의해 만들어진 곳이에요. 그런데 이곳의 아이들은 인디고 서원을 잘 이용하지 않는다는 점이 가장 안타까워요. 학원을 다니는 아이들은 틀에 박힌 생활을 하느라 학원 밖의 공간들을 향유할 시간이 없거든요.

학원 밖의 공간을 향유할 시간이 없다는 말이 너무도 안타까웠다. 집과 학교, 학원만 오가는 반복적인 일상들을 보내는 아이들을 생각하니 마음이 아프다. 학원 근처에 이렇게 좋은 책방이 있는데도 걸음 하지 못하는 아이들. 언제쯤 아이들은 자유로워질 수 있을까.

—인디고 서원을 이끌어 가는 직원들은 모두 허아람 대표님의 제자라고 하셨는데, 대표님은 인디고 서원 식구들에게 어떤 존재인지 궁금해요.
저희가 아람샘('샘'은 '선생님'의 준말)이라고 대표님을 부르는데요. 아람샘은 반복되는 일상을 벗어나, 항상 새로운 것을 추구하고 창조하는 걸 가장 중요하게 여기는 분이세요. 초심을 잃지 않고, 성장할 수 있는 힘을 꿈꾸고 실천하고 계시기도 하고요. 저희에게 있어 허아람 대표님은 선생님이자 대장님이에요. 우리를 항상 꿈꾸게 하고 아름답게 살 수 있게 이끌어주는 분이거든요.

—인디고 서원에서는 에코토피아Ecotopia라는 이름의 채식 식당도 함께 운영하고 있는데요. 식당과 책방이 함께 어우러진 곳은 한국에서는 보기 드문 형태라는 생각이 듭니다. 에코토피아를 운영하게 된 계기가 있나요?
에코토피아는 인디고 서원에서 활동하는 사람들의 아이디어가 한데 모아져 만들어진 공간이에요. 윌리엄 모리스라는 영국의 사상가가 쓴 『에코토피아 뉴스』라는 책이 있는데요. 새롭게 도래할 세상이 있다면 생태 지향적인 곳이어야 한다는 말이 있어요. 지금 우리가 살아가는 세계는 에코토피아가 필요한 세상이에요. 환경문제나, 비윤리적으로 도축되는 가축에 대한 것 등이 식문화와 관련 있고 많이 집약되어 있다면, 그런 불평등하고 비윤리적인 것을 음식의 혁명을 통해 바꾸어나가야 된다고 생각했어요. 그래서 저희 에코토피아에는 슬로건이 있어요. '작은 혁명가들을 위한 작은 식당'이에요. 먹는다는 행위가, 단순히 먹는다는 걸 떠나서, 어떤 음식을 먹고 어떤 세계를 형성하느냐도 중요하다고 봐요. 음식을 먹으며 토론의 장도 펼쳐나가는 거죠. 다른 나라를 예로 들자면 채식 식당은 사회 공동체의 출발점과도 같은 곳이에요. 그래서 저는 에코토피아를 통해서 건강하고 맛있는 음식을 먹으면서 어떻게 사람들과 서로의 생각을 나눠갈지를 중점적으로 보고 있어요.

—인디고 서원은 문화예술계 블랙리스트에 오르기도 했다고 들었어요. 블랙리스트에 오른 이후, 서점 활동에 대한 어려움은 없었는지 궁금합니다.

어려움이라고 한다면 모든 공기관 사업에서 탈락한 거라 할 수 있겠네요. 《인디고잉》을 발행할 때 지원사업의 도움을 많이 받기도 했는데, 어느 날 소리 소문 없이 우수문예지 사업이 사라졌어요. 신청서는 분명히 받았었는데, 당선자를 발표하지 않음으로써 사라짐이 구체화된 거죠. 그것에 대해서 목소리를 내는 사람이 없어서, 저희는 왜 당선자를 발표하지 않느냐고 이유를 밝히라고 항의를 했는데 이유를 밝힐 수 없다는 대답이 돌아왔어요. 그 문제에 대해서 여러 방송국에 제보도 했는데 조용하더라고요. 그 이후에 블랙리스트 문건들이 발견되면서 그러한 문제가 다시 재조명되었죠. 일단 블랙리스트로 인해 지원금이 많이 끊겼는데, 오히려 시민들이 그런 걸 알고 저희를 많이 도와주시고 응원해주시기도 했어요. 저는 정부가 블랙리스트는 만들었으나 철두철미하진 않았다고 봐요. 인문 문화사업을 융성하겠다는 얘기 때문에 저희 쪽에 접촉해 오는 기관들도 많았거든요. 그래서 학교 학생들과 직접 만나는 행사가 더 늘어났어요. 그 일을 겪으면서 사실 경제적인 부분도 부분이지만, 저희는 정신적으로 더 많이 힘들었어요. 진실을 감추던 세월호 참사에 대한 것들도 그렇고요. 그 시기는 정말 사회적으로도 암흑기라는 생각이 들어서 저희가 동력을 얻고 활동하기가 어려웠어요.

—건물의 1층에서 2층으로 이동할 때 외부 통로를 활용하잖아요. 그 통로의 이름이 '바람의 길'이라고 불리는데, 어떤 뜻으로 붙여진 건가요?
건물을 보시면 중간에 은행나무 한 그루가 심어져 있어요. 은행나무는 가장 오래 사는 나무 중 하나예요. 항상 공부하는 사람들 곁에는 은행나무가 있기도 했고요. 만약 은행나무가 없었다면 건물 전체를 더 넓게 쓸 수 있었겠지만, 은행나무를 두고 바람의 길을 뚫게 된 이유는 바람이 통하는 길이 자연스럽다고 생각했기 때문이에요. 식물이 함께 있고, 바람이 통하고, 햇빛이 통하는 순환의 공간이 중요하다고 생각했어요. 인디고 서원은 지난 10년간 에어컨이 없었어요. 지금은 너무 더워져서 에어컨 없이는 견디기가 어려워서 10주년을 맞이해 달긴 했지만요. 그 전에는 에어컨이 없이도 통하는 바람으로도 충분히 견딜 수 있는 공간이었는데, 자연의 힘으로도 이젠 견디기 힘들어지는 걸 보면서 지구에 대한 위기감도 느껴지고 어떻게 대처할 것인지에 대한 고민도 하게 됐어요.

왜 '바람의 길'이라고 불리는지 궁금했는데, 이야기를 듣고 나니 궁금증이 해소되었다. 자연적인 햇빛과 바람이 순환되는 바람의 길. 이제는 바람의 길의 힘으로도 버틸 수 없게 온난화가 심해진 걸 보며, 지구가 정말 많이 병들긴 했구나 싶어서 마음이 무거웠다.

—인디고 서원에서는 《인디고잉》이라는 이름으로 꾸준히 잡지를 발행하고 있는데, 《인디고잉》을 발행하게 된 계기가 궁금하네요.

앞에서 말씀드렸던 아람쌤이 하는 수업 때 다들 책을 읽고 글을 써오고 토론을 하곤 했었는데요. 그곳에서 시작된 게 《인디고잉》이에요. 《인디고잉》은 청소년들이 우리만 알고 있는

게 아닌, 공론화되어야 할 이야기들을 어떻게 하면 더 많은 사람들과 나눌 수 있을까 생각하다가 만들어지게 되었어요. 종이만이 가지는 평등함도 있고요. 그래서 잡지로 만들게 되었고요. 이 잡지를 만들면서, 아이들이 책을 쉽게 읽기 힘든 사회에 들어섰다는 생각이 들어서 〈정세청세(정의로운 세상을 꿈꾸는 청소년, 세계와 소통하다)〉라는 토론 프로그램도 만들게 됐어요. 〈정세청세〉는 텍스트를 영상화한 것을 보고 그 내용을 토론하는 프로그램이에요. 전국 36여 곳이 넘는 지역에서 개최된, 인디고 서원에서 유일하게 전국 지부를 두고 활동하는 프로그램이죠. 그리고 〈주제와 변주〉라는 이름으로 저자가 주제, 독자들이 변주가 되는 저자 초청 토론회 행사도 98회째 진행하고 있고요. 국내에 〈정세청세〉와 〈주제와 변주〉가 머무르고 있다면, '인디고 유스 북페어Indigo Youth Book Fair'는 좀 더 범위를 확대해서 지구촌 모두가 함께할 수 있는 행사예요. 단순히 책 전시나, 저자 초청의 틀을 벗어나서 참여하는 모두가 이야기를 나눌 수 있는 행사로서, 2008년부터 진행이 되고 있어요. 그런 식으로 유기적으로 다 연결된 형태로 모든 프로그램과 행사가 만들어지고 진행되고 있죠.

매체가 워낙 다양해진 시대에 우리는 살고 있지만, 여전히 종이는 자신만이 가진 고유한 물성으로 특유의 평등함을 가지고 사람들에게 다가간다. 지금도 꾸준히 발행되고 있는 《인디고잉》을 들여다보면 종이와 참 많이 닮아 있음을 느낄 수 있다. 그리고, 인디고 서원에서 진행되는 많은 행사 중 〈정세청세〉 프로그램은 내가 청소년이었다면 당장 참여하고 싶을 정도로 매력적이다. 청소년기에 인디고 서원을 알았다면 더 좋았을 텐데, 왜 나는 이곳을 늦게 알게 된 걸까. 그래도 뒤늦게라도 이곳을 알게 되고, 이렇게 이야기를 들을 수 있어서 참 크나큰 행운이다.

⁂

—인디고 서원에서는 SNS뿐만 아니라, 홈페이지도 함께 운영하고 있는데요. 홈페이지에 들어가보니 꽤 많은 게시판이 있고 각각의 게시판에 인디고 서원에 대한 자료들이 정갈하게 차곡차곡 잘 모여 있고, 하나의 커뮤니티로서 관리도 잘되고 있어서 보기 좋더라고요. 홈페이지 운영은 어떻게

해나가시는지 궁금합니다.

인디고 서원 오픈과 함께 홈페이지를 만들었죠. 홈페이지를 만들면서 단순한 쇼핑몰의 형태가 아닌, 인디고 서원을 담을 수 있는 곳이길 바랐어요. 그렇다면 한 권의 책처럼 차례가 있고, 그 안에 인문적인 내용이 차곡차곡 쌓여 서로 소통할 수 있는 공간들이 있어야 된다고 봤어요. 주변에서 "요즘은 홈페이지 아무도 안 본다. SNS를 해야 한다"라고 말하는 분들이 많았어요. 저희 나름대로도 그런 부분에 대한 고민을 계속하고는 있어요. 그러나 SNS는 순간순간에 무언가를 알리거나 공유를 하기는 좋지만, 카테고리화해서 정보들을 찾아보기 힘들다는 단점이 있죠. 그래서 SNS 활동도 하지만, 주력이 되어서 하진 않는 편이에요.

—책 큐레이션은 어떻게 하고 계시는지도 궁금합니다.

저희는 항상 저희가 가지고 있는 책들의 목록이 재산이라고 말하곤 해요. 인터넷, 신문, SNS 등 모든 매체를 활용해서 신간들을 다 검토하고 있고요. 검토를 통해 좋은 책들을 선별하고 있어요. 인디고 서원에는 여섯 가지 주제의 서가가 있는데요. 문학, 역사·사회, 철학, 예술, 교육, 생태·환경(과학)이라는 카테고리를 두고 분류에 맞게 큐레이션 하고 있어요. 어린이 서점 코너도 따로 운영하고 있어서 그 부분도 신경 써서 선별하고 있고요. 책을 선정하는 데 있어서 특별히 정해놓은 기준이 있지는 않지만, 새로운 관점을 얘기하는 책이 좋은 책이라고 생각하고 들여놓고 있어요. 그리고 인디고 서원 프로그램 중에 '방문신청 프로그램'이 있는데요. 10명 이상 신청하면, 인디고 서원을 투어 할 수 있는 프로그램이에요. 건물에 대해서도 소개하고, 활동에 대해서도 소개를 드리는 프로그램이죠. 저희가 무료로 소개 프로그램을 진행하는 대신에 반드시 한 사람당 한 권의 책을 구입해야 한다는 철칙을 가지고 진행되고 있어요. 서로에게 윈윈win-win이라고 생각해요. 방문하시는 분들은 인디고 서원에 대한 설명도 듣고, 저희에게는 책의 판매로 이어지는 일이니까요.

인디고 서원의 큐레이션에서는 베스트셀러를 찾아보기 힘들다. 단, 베스트셀러라도 새로운 관점으로 세상을 바라보게 하는 책이라면 가져다 놓기도 한다는 점이 흥미롭다. 다른 책방에서는 찾아보기 힘든 책방의 자체적인 투어 프로그램도 방문자의 호기심을 이끌어내는 요소다. 공간을 찾아온 사람에게는 이해도를 높이고, 책방 입장에서는 판매와 이어지니 이보다 더 좋을 수 있을까.

—다른 서점과는 차별화된 인디고 서원만의 특색이 있다면 무엇인가요?

저희는 서점이면서 동시에 교육기관이라고 생각해요. 인문·문화·교육기관으로서 역할을 다하고자 노력하고 있어요. 청소년을 위한 서점이기 때문에 더 그런 부분도 있고요. 교육기관이라고 해서 학원의 개념이 아니라, 어떤 사회가 더 좋은 사회인지 고민할 수 있게 하는 동력을 갖게 하는 곳이라고 보시면 될 것 같아요.

—인디고 서원에서 일하면서 기억에 남는 에피소드가 있나요?

에피소드는 많지만 최근에 기억이 남는 이야기를 말씀드리면, 크리스 조던이라고 미국의 사진작가님이 얼마 전에 다녀가셨는데요. 그 사진작가님이 〈알바트로스〉라는 새에 대한 다큐멘터리 영화를 만드셔서 저희가 초대를 했어요. 그런데 그분이 마치 인디고 서원과 오랫동안 작업한 것 같은 느낌이 들 정도로 많은 교감을 주고받았어요. 그분과 짧게 인터뷰를 했는데, 알바트로스에 대한 이야기를 하다 보니 대한민국 청소년 같다는 생각이 들었어요. 날개를 펼치면 6미터가 넘을 정도로 큰 새인데, 날개를 펼치지 못하고 있는 모습이요. 무한한 가능성을 가지고 있는데, 경쟁에 시달리면서 스스로 목숨을 끊거나 무기력해지는 모습들이 알바트로스가 플라스틱을 먹고 죽는 모습과 겹쳐졌어요. 그런 것들을 크리스 조던님에게 얘길 했더니, 눈물을 흘리며 말하시더라고요. 대한민국 청소년을 만났을 때 세상 어느 아이들보다 열려 있고 교감이 뛰어나서 그럴 줄 몰랐다고요. 그래서 더 참혹하게 느껴지셨나 봐요. 그런 이야기들을 하며 부둥켜안으며 울었던 기억이 선명해요.

—동네 책방이 버티기 어려운 현실임에도 인디고 서원은 오랜 시간 같은 자리를 지켜오고 있습니다. 그 원동력은 무엇이라 생각하세요?

공부에서 나오는 게 아닌가 싶어요. 끝없이, 끊임없이 질문을 던지며 정체되지 않게 공부하며 나아가려 하고 있으니까요.

—실장님이 이제껏 살아오면서 읽은 책 중 정말 행운이라고 느꼈던 책이 있으신가요?

저에게 터닝포인트가 됐던 책이 있는데요. 에밀 졸라의 『나는 고발한다』라는 책이에요. 이 책을 읽고, 왜 이 사람은 이렇게까지 해서 진실의 힘을 믿고 정의를 추구할까 생각하게 됐고 그 마음이 지금까지도 이어지고 있어요.

책이 주는 힘은 놀랍도록 크고 넓다. 한 권의 책이 누군가의 인생의 터닝포인트가 된다는 것, 그것만큼 강한 힘이 있을까.

—책을 읽지 않는 사람이 인디고 서원에 와서 책을 읽어보고 싶다고 추천해달라고 말한다면 추천해주고 싶은 책이 있으세요?

저는 한 줄이라도 빛나는 문장이 있는 책이 좋은 책이라고 생각해요. 나이와 취향에 따라 다 다르기 때문에 바로 추천하기는 힘들 것 같고요. 이야기를 나누어보고, 그것에 맞춰 추천드릴 것 같아요.

우문현답이란 이 대답을 두고 하는 말이 아닌가 싶다. 정말 반짝이는 대답이었다. 인디고 서원에 와서 실장님과 이야기를 나누고, 책을 추천받는 사람들은 각자의 마음속에 빛나는 문장 하나씩은 품고 돌아갈 것이다.

─실장님이 생각하는 이상적인 서점이란 무엇인가요?

이상적인 서점은 책을 즐길 수 있는 좋은 시민들이 가득한 공간이라고 생각해요. 왜 좋은 사람이 아닌 좋은 시민이냐면, 좋은 시민은 좋은 사람이라고 생각해요. 그러나 반대로 좋은 사람이 좋은 시민이라고 보기에는 어렵다는 생각이 들거든요. 그렇지 않은 사람도 많기 때문이죠. 좋은 시민들이 모여 책도 읽고, 공간을 향유할 수 있다면 가장 이상적이지 않을까 싶어요.

> 이제까지 깊이 생각해보지 않았던 좋은 시민과 좋은 사람의 차이. 누군가에게는 좋은 사람이지만, 어쩌면 사회를 구성하는 한 시민으로서는 결코 좋은 시민이 아닐 수도 있다는 사실에 고개가 끄덕여졌다.

─매일 인디고 서원 문을 열며 하는 생각이 있다면 무엇인가요?

청소를 열심히 하자는 생각을 하죠. 오픈 전에 1시간 정도 청소를 해요. 깨끗하게 정돈한 상태에서 새로운 아침을 맞는 게 중요하다고 보거든요.

─인디고 서원에게 있어서 부산이란 어떤 의미를 가지는 도시인가요?

지금은 많이 나아졌지만 부산은 문화적으로 소외된 도시였어요. 문화적으로 좋은 것들은 서울에 편중되어 있으니까요. 그리고 부산은 바다가 있어서, 바다가 주는 상징적인 느낌도 있어요. 열려 있는 느낌이랄까요. 그래서 부산은 굉장히 가능성도 많고, 하고 싶은 일도 많고, 해야 할 일도 많은 곳이라고 생각해요. 물론 해내기가 쉽지만은 않지만요.

—지금도 충분히 많은 활동들을 펼치고 있지만, 앞으로의 활동도 기대가 됩니다. 인디고 서원의 향후 활동 방향에 대해서도 얘기해주시면 좋겠습니다.

딱히 계획을 세워놓은 건 없는데, 자연스럽게 필요한 일들이 있다면 하게 되지 않을까 싶어요. 가장 주력하고 싶은 일은 공교육 사업이에요. 저희가 4시간 정도 학교에 나가서 아이들과 강의하고 토론하는 '독서 캠프'도 많이 하고 있거든요. 1박 2일 동안 아이들과 함께 프로그램을 하는 것도 많고요. 이런 일들을 하는 이유는 스스로 인디고 서원에 발걸음 할 수 있는 기회를 가진 아이들은 한정적이라고 보기 때문이에요. 이러한 활동들을 통해서 소외된 친구들에게도 가닿고 싶어요. 일련의 활동을 통해 기회가 없는 친구들도 평등한 기회를 부여받을 수 있을 거라 생각해요.

굳이 활동 방향에 대한 계획을 짜지 않더라도, 자연스레 필요한 일들이 있다면 하게 될 거라는 목소리에서, 앞으로 인디고 서원을 필요로 하는 일이 지금보다 더 많아질 거라는 확신이 들었다.

◀정말 궁금하고 이야기를 듣고 싶었던 인디고 서원의 이야기를 듣고 진주로 돌아가며, 서점을 넘어선 세상에 대해 많은 생각을 했다. 서점이지만 교육기관이기도 하다는 말처럼, 나에게도 이번 인터뷰는 큰 공부가 되었다. 그리고 하나의 빛을 보았다. 서점이 살아남기 힘든 척박한 시대이지만 인디고 서원 같은 책방들이 있어서 결코 우리의 미래는 어둡지만은 않다고. 영원한 건 없다지만, 인디고 서원이 오래도록 남천동에서 꿈을 꿀 수 있는 공간으로 남기를 바라본다.¶

추억의 조각이 박혀 있는 곳, 조각공원

부산엔 걷기 좋은 곳이 많지만, 그중에서도 내가 가장 좋아하는 산책 코스는 조각공원이다. 부산박물관 옆으로 천천히 걸으면 하나둘씩 보이는 조각이 반기는 곳, 조각공원. 조각공원에는 유엔공원으로 들어가는 입구도 함께 있다. 유엔공원 또한 산책하기 좋은 곳이지만, 역사적인 의미가 있는 곳이라 아무 생각 없이 산책하기에는 조각공원이 더 나았다. 조각공원을 걷다 보면 산책로는 자연스레 대연수목전시원과 이어지는데, 보통 이 일대를 평화공원이라고 통칭해서 부르곤 한다. 그러나 나는 조각공원이라고 자주 부르곤 했던지라, 다른 이름들이 되레 낯설게 느껴진다.

조각공원을 거닐면서, 여전히 같은 자리를 우두커니 지키고 서 있는 조각을 바라보자 절친했던 대학 시절 후배가 떠올랐다. 같이 이곳을 거닐면서 이런저런 이야기도 나누고 조각을 따라 하면서 키득거리며 사진도 많이 찍었었는데. 후배에게 메신저로 조각공원의 사진을 전송했더니, 곧장 답장이 왔다. 같이 가서 먹었던 조각공원 앞 소고기 국밥집이 생각난다고. 힐끗 길 건너를 보니 여전히 그 국밥집은 건재하다. 24시 국밥집이어서, 거나하게 술을 걸치고 새벽에 집으로 돌아가는 길에도 해장한다고 그곳에서 국밥을 많이 먹었었는데. 그 국밥집에서 팔던 떡갈비를 후배는 참 많이 좋아했었다. 돈이 생기면 떡갈비 먹으러 가자며 내 손을 잡아끌곤 했는데, 그런 후배는 지금 한국이 아닌 이탈리아에 가 있다. 사는 곳마저도 달라진 우리가 다시 떡갈비를 먹으며 웃을 날이 또 올까.

이런저런 감상에 젖어 정처 없이 산책로를 걷다 보니, 예전에 친구와 함께 새벽녘마다 배드민턴을 쳤던 곳이 보였다. 행사가 펼쳐지고 있어서 사람이 우글우글한지라 정확한 지점을 확신할 순 없었지만, 나는 알 수 있었다. '바로 이곳이구나'라고. 다이어트를 위해 배드민턴을 치겠다는 친구를 따라 운동 삼아 나도 하겠다고 배드민턴 채를 들고 이리저리 뛰어다녔던 순간의 기억이 아지랑이처럼 피어오르는 순간, 왈칵 눈물이 솟을 뻔했다. 가족을 따라 외국으로 가버린 친구는 떠난 후 연락이 끊겨 더는 안부를 알 길이 없다. 잘 지내고 있을까. 마지막으로 보았을 때 꿈을 향해 달려가는 내 모습을 보며 참 기특해했는데. 보고 싶은 얼굴들이 끝없이 머릿속을 스쳐가고, 나는 하염없이 이 길을 걷는다. 누군가와 함께였던 이 길을 이젠 오롯이 혼자. 비록 지금은 혼자지만 외롭지는 않다. 내딛는 발걸음마다 추억들이 살아 숨 쉬고 있으니까. 나의 기억들이 조각조각 박혀 있는 이곳, 조각공원. 다음에 다시 이곳을 걸을 땐 그리운 사람들과 함께이길 바라며, 가만히 멈춰서 하늘을 바라보았다.

인천

앉아서도
모험하게 하는,
빈티지 소품이
가득한 곳

https://www.instagram.com/bookgeuk/

📍 인천광역시 부평구 원적로 477-2

햇볕이 머리 위로 사뿐히 내려앉는 어느 여름날 오후, 인터뷰를 위해 인천에 왔다. 오늘의 인터뷰 서점은 '북극서점'. 날씨와는 다르게 시원한 느낌을 가득 담은 서점 이름을 보며 어떤 이야기를 담은 공간일지 궁금증이 모락모락 피어올랐다. 그렇게 호기심을 안고, 여름의 한가운데에 서서 북극의 문을 두드렸다.▶

—안녕하세요. 먼저 자기소개부터 부탁드립니다.

안녕하세요. 저는 북극서점을 운영하는 순 사장이라고 합니다. 서점에 앉아 조용히 멍때리고 있었는데(웃음), 이렇게 방문해주셔서 반갑습니다.

방문해주어 반갑다고 말하는 순 사장님의 얼굴에 옅은 파스텔톤의 미소가 번졌다. 그 미소를 바라보며 나는 오늘의 인터뷰가 매우 따스하게 진행될 것이라는 예감이 들었다.

인천 북극서점 대표●순 사장

©북극서점

—인천에서 북극서점을 오픈하게 된 이유가 궁금합니다.

북극서점을 오픈하게 된 이유는 어릴 적부터 책을 좋아했고, 좋아하는 것 사이에 둘러싸여 있고 싶어서 열게 되었고요. 오픈은 정말 충동적이었는데요. 4시간 만에 오픈이 결정됐거든요. 어느 일요일 오후 12시에 친구 전화를 받았어요. 월세 15만 원짜리 자리가 있다는 거예요. 그 얘기를 듣고, 2시에 바로 계약을 했어요. 그리고 4시에 카페에 앉아서 이야기를 나누다가 서점을 하자는 결정을 내렸어요. 열게 된 과정이 되게 충동적이긴 하지만, 사실 저 혼자서도 책방을 열려고 생각은 하고 있었어요. 동인천 쪽에 책방을 열려고 했었는데, 자리도 없었고 월세도 너무 비싼 거예요. 그래서 책방에 대한 걸 잠시 접고 있던 차에, 친구한테서 연락이 온 거죠.

—두 분은 부천 국제 판타스틱 영화제에서 처음 만나 인연을 맺게 되었다고 들었는데요. 영화라는 접점이 함께 서점을 오픈하는 데 어떤 영향을 끼쳤나요?

영화라는 접점이 영향을 끼치지는 않았고요. 가치관이나 취향이 저와 비슷했어요. 그런 부분들이 접점이 된 거죠. 인생관 게임이라고 제가 만든 게임이 있는데, 그 게임에서 하나 빼고 다 같은 거예요. 그러기가 쉽지 않은데 신기하더라고요. 그래서인지 함께 일을 도모하는 것에 대한 거부감이 전혀 없었어요. 당연히 얘랑 같이 하면 재밌겠다는 생각이 들었거든요.

북극서점에는 순 사장님 외에 염 사장님도 있다. 지금은 육아 때문에 책방에 나오기 힘든 염 사장님을 대신해 순 사장님 혼자 책방을 도맡아 운영하고 있다. 북극의 책방지기 두 사람이 영화제에서 처음 만났다는 사실이 흥미로웠다. 영화제에서 만난 친구가 나와 같은 가치관과 취향을 가지고 있다면 얼마나 반갑고 신기할까. 그 친구와 함께 도모한 일이 책방이라는 사실은 더더욱 내 흥미를 자극했다

—염 사장님과 같이 단편영화도 찍으셨다고 들었어요. 어떤 작품이었나요?

네. 같이 단편영화를 찍었어요. 서로 돌아가며 감독을 하고, 주연을 맡았어요. 총 3편 정도의 작품을 찍었어요. 아직 따로

공개는 안 했고요. 서로 인질처럼 각자의 작품을 잡고 있는 상황이에요. 내 작품 틀면, 나도 네 작품을 틀 거다 이런 식으로요. 최근에도 작품을 하나 찍었는데요. 이건 그 친구와 찍은 건 아니고 저 혼자 지인들을 모아 찍었어요. 제목은 〈매력 학원〉이에요. 연애 못 하는 사람들을 위한 작품이에요. 나의 매력을 발굴해주는 매력 학원이 있는 거죠. 그 학원에서 자신의 매력들을 발견하는 그런 내용이에요.

이야기를 들으며 두 친구가 서로 감독과 주연 배우가 되어 프레임 속에 각자가 구상한 스토리를 담는 모습을 상상해보았다. 상상만으로도 재미나는 느낌이다. 언젠가 기회가 닿는다면 그녀의 영화들을 보고 싶다. 살짝 이야기를 들은 〈매력 학원〉만큼이나 다른 작품들도 매력적일 거라는 생각이 든다.

—간판에 적힌 북극서점의 글자가 흰색이어서 그런지 묘하게 이글루가 연상되는 느낌이 들어요. 북극서점은 어떤 뜻을 가지고 있나요?

북극이라는 단어를 모르는 사람은 없잖아요. 그렇지만, 일상에서 자주 발음하지는 않는 단어죠. 그래서 북극이라고 정했어요. 북극의 북은 책이라는 뜻의 북을 상징하기도 하고요.

—입구의 칠판이 인상적이에요. 칠판의 그림과 글귀는 고정된 형태인가요? 아니면 괜찮은 문장을 발견하면 바꾸기도 하시나요?

제가 프란츠 카프카를 좋아해요. 그림 그리는 친구한테 카프카를 좀 그려달라고 부탁을 했죠. 다시 또 부탁하기가 미안해서 계속 같은 걸로 가고 있어요. 이럴 줄 알았으면 처음부터 페인트로 할 걸 그랬어요. 그럼 지워지지도 않는데 말이에요. (웃음)

—북극서점이 위치한 부평구는 원도심原都心인데요. 그래서인지 북극서점엔 원도심의 빈티지함이 담겨 있는 것 같아요. 이런 빈티지한 콘셉트로 서점을 운영해나가게 된 가장 큰 이유가 있다면 무엇인가요?

제일 큰 이유는 좋아해서인 것 같아요. 빈티지한 것들을 옛날부터 좋아했어요. 노래나 문화도 옛것을 좋아하고요. 그것들이 저한테는 세상에서 제일 유니크하게 느껴지거든요. 독특하

고, 개성적이고, 따뜻함도 녹아 있고요. 이곳에 있는 물건들도 예전에는 어떠한 풍경의 일부분이었을 텐데, 북극으로 오게 되면서부터 제가 그 물건의 역사를 소유하는 느낌이 들더라고요. 그런 것들이 좋았어요.

물건의 역사를 소유하는 느낌이라니. 설레는 대답이다. 만약 말이 아닌 책이었다면, 밑줄을 긋고 싶을 정도로 로맨틱하다.

—책을 비롯해 여러 가지 빈티지 잡화들도 많이 판매하고 있는데요. 여행을 다니며 물건들을 공수한다고 들었습니다. 물건을 공수해 오는 기준이 따로 있다면 무엇인가요?

저는 여행을 하며 오래된 문방구에 가는 걸 즐기는데요. 오래된 문방구에서 발견하는 것들을 가져오는 경우도 있고요. 벼룩시장에 가는 것도 좋아해서, 그런 곳에서 구해오는 물건들도 있어요. 북극서점을 하기 전에도 이미 수집된 것들이 많은 편이었어요. 원래부터 수집하는 걸 워낙 좋아하거든요.

빈티지한 콘셉트로 책방을 운영하다 보니, 책 외에도 빈티지한 소품들이 곳곳에 눈에 띈다. 물론, 책도 빈티지한 것들이 있다. 중고서적 코너가 있기 때문. 지금은 절판돼서 구하기 힘든 책들이 가지런히 서가에 꽂혀 저마다 새로운 주인을 기다리고 있었다.

—책 큐레이션은 어느 부분에 중점을 두고 하시나요?

신간 나오는 것 중에는 제가 읽어보고 싶은 책들을 들여놓고요. 인생을 살아오면서 좋아했던 책들도 들여놓고, 그 외에는 독립출판물들도 들여놓아요. 제가 자신 있게 추천할 수 있는 책들 위주로 최대한 큐레이션 하려고 하는 편이에요.

인기가 많은 도서들도 입고하곤 하지만, 선뜻 추천하기는 망설여진다고 했다. 그렇기에 자신 있게 추천할 수 있는 책들로 최대한 서가를 채워나가려고 노력하는 모습에서 책방지기라는 이름이 그녀에게 얼마나 크게 작용하는지를 읽어낼 수 있었다. 책방을 찾는 이들에게 양질의 숨겨진 좋은 책들을 알려주고 싶은 마음. 그런 마음이야말로 책방을 운영해갈 수 있는 가장 큰 동력 중 하나이지 않을까?

꙰

—제가 찾아보니 처음에는 북극서점만 있고, 복합문화공간인 북극홀은 나중에 생겼더라고요. 서점 옆에 북극홀이 자리를 잡게 되면서, 가지게 된 힘은 어떤 것일까요?

북극홀이 생기면서 만나게 된 분들이 많아요. 작가님들도 많이 만나게 되고요. 그런데 다른 책방과 달리 저희 책방은 사랑방 역할을 하지는 못하고 있는 것 같아요. 일회성으로 전시나 공연을 하긴 했어도, 정기적인 모임의 형태를 가져가지는 못하고 있거든요. 제가 진행하는 모임이 따로 없기도 하고요. 결심이 서게 되면 모임을 진행해볼 생각이 있긴 해요. 창작자들이 모여서 각자의 작업을 보여주고 피드백하는 시간을 가지는 방식으로요. 그게 그림이든 글이든 영상이든 상관없이요. 서로가 관찰자가 되어 각자의 작품을 보다 보면, 하나의 동기부여로 작용해서 뭐라도 만들게 되지 않을까 싶거든요.

—순 사장님은 '슬로보트'라는 이름으로 앨범도 내셨는데요. 다음 앨범 계획은 어떻게 되시는지 궁금합니다.

요새 정말 앨범을 내고 싶다는 생각을 해요. 앨범을 내려면 노래를 만들어야 되는데, 창작욕구가 올라오는 시기라서 아까 말씀드린 그런 창작자 모임 같은 것도 생각하게 되더라고요.

그녀의 노래를 처음 들었을 때 새벽 라디오가 떠올랐다. 지금은 사라지고 없지만, 틈틈이 즐겨 듣던 영화음악 라디오 방송이 있었다. 그 방송처럼, 심야 시간에 잘 어울리는 음색을 가지고 있어서 일을 마치고 퇴근하는 길에 종종 그녀의 노랫소리를 벗 삼아 집으로 향하곤 했었다. 그래서 다음 앨범은 언제 나오나 궁금했는데, 한창 창작 욕구가 올라오는 시기라니 반가웠다. 1집이 좋았던 만큼 2집도 기대된다.

—지금 자리에는 안 계시지만, 염 사장님은 코스모네트라는 여자 우주비행사의 낯설고 요상한 외계 여행을 다룬 만화책을 준비 중이라고 들었는데요. 만화 작업은 얼마나 진행되셨는지 궁금해요.

제가 살짝 살펴봤는데요. 60세에나 완성이 될 거 같아요. 아직 몇 장 작업이 안됐더라고요. 지금은 아이도 있고 해서 아무래도 작업하기 힘든 환경이라 시간이 많이 걸릴 것 같아요. 그래도 얼른 작업이 진행될 수 있게 제가 한번 쪼아보겠습니다.

얼른 작업이 진행될 수 있게 쪼아보겠다고 말하며 웃는 모습에서 친구를 넘어서, 한 명의 독자로서 염 사장님의 만화를 기다리는 마음이 묻어났다.

—북극서점은 순 사장님에게 어떤 의미로 작용하는 공간인가요?

놀이터이자 거실요. 재미있고 즐거운 곳이거든요. 우리 집 거실처럼 편안한 느낌도 있고요. 그래서 그 거실에 사람들이 찾아오는 게 아직도 신기한 마음이 들어요.

—북극서점만의 특색이 있다면 무엇이라고 생각하세요?

이곳은 다른 책방에 비해 정말 작은 공간이에요. 제가 생각하기에는, 작은 걸로는 아마 전국 'top 3' 안에는 들 것 같아요. 이렇게 작은 공간에 온갖 취향들이 다 모여 있어요. 제가 취향이 워낙 잡다하다 보니, 그 취향들이 공간 안에 총망라되어 있죠. 취향이 비슷한 분이라면, 마치 친구 방을 구경하는 느낌이 들면서 편안하실 거예요.

테트리스를 하듯이 물건의 배치를 했다고 그녀가 말했다. 정말 작은 공간이지만, 오밀조밀하게 책과 물건들이 배치되어 있는 모습은 취향저격이었다. 잘 살펴보면 보물을 발견할 수 있을 것 같은 느낌도 들고. 그래서일까. 이곳에 방문한 손님들은 꽤 오랜 시간을 머무른다.

—북극서점을 운영하면서 기억에 남는 에피소드는 어떤 것이 있을까요.

개성적인 손님들이 많이 오시는데, 그분들의 모습이 기억에 남아요. 중학생 손님이 한 분 있는데요. 겨울에는 중절모를 꼭 쓰고 오곤 했어요. 그 손님이 저희 서점의 절판본, 희귀본 책들을 다 구입해 갔어요. 말투나 행동, 책에 대한 취향이 그 나이대와는 달라서 인상적이었어요. 그리고 차에 조예가 깊으신 차 선생님이 있으신데 가끔 다도 세트를 챙겨서 책방에 오실

때가 있어요. 좋은 차가 있으면 항상 나누려고 챙겨 오시더라
고요. 아, 한 분이 더 있어요. 박상미 작가님이에요. 아들의 모
습을 계속 화폭에 꾸준히 담으신 걸 봤어요. 그래서 저희가 전
시를 하는 게 어떻겠냐고 제안을 했죠. 그래서 북극홀에 전시
를 열었는데, 그 전시를 출판사분이 보신 거예요. 그게 인연이
되어, 지금은 책으로도 만들어졌어요. 종종 작가님이 고마움
의 의미로 비 오는 날 부침개를 가져다주시기도 하시고, 풀꽃
도 꺾어서 가져다주시기도 했는데 그런 것들이 너무 좋은 것
같아요. 이 공간을 통해 생기는 소소한 에피소드나 인연, 일들
이 저는 참 좋아요.

—순 사장님이 이제껏 살아오면서 읽은 책 중 행운이라고 느꼈던 책이 있
나요?

어린 시절에는 『데미안』요. 어릴 적부터 죽음의 세계에 대한
관심이 많았어요. 『데미안』을 만나고, 저 혼자만의 관심이 아
닌 그러한 정서를 누군가와 공유할 수 있다는 느낌을 받았어
요. 사춘기 시절의 답을 주는 책이었달까요. 어른이 되어서는
카프카의 초단편들, 알베르 카뮈의 산문들을 읽으며 큰 자극
을 받았어요. 자극과 함께 성장하는 느낌도 들었고요.

한 뼘 더 성장할 수 있는 자극을 주는 책들. 이런 책들을 만날 수 있다는
건 정말 큰 행운이다. 그런 행운을 누리고 있는 그녀가 추천해주고 싶은

책은 무엇일까.

—책을 읽지 않는 사람이 북극서점에 들러 책을 추천해달라고 한다면, 추천해주고 싶은 책이 있으세요?

좋아하는 분야를 먼저 물어보고, 그에 맞춰서 책을 추천해드릴 것 같아요. 취향 상관없이 사람들이 읽으면 좋겠다고 생각하는 책은 『고양이 그림일기』예요. 읽다 보면 착해지는 책이에요. 책 안에 담긴 모든 요소가 착해서, 읽고 있으면 정화되는 느낌이 들어요. 힘듦의 시기를 건너고 있는 사람이라면 특히 더 추천해주고 싶어요. 힘이 될 수 있는 책이라고 생각하거든요.

—순 사장님이 생각하는 이상적인 서점은 어떤 것인가요?

제가 만나고 싶은 책방으로 말씀드리고 싶은데요. 오두막이 하나 있고, 그 오두막에 분야별로 처음 만나는 다채로운 책들이 있고, 그 책들로 인해서 새로운 세계의 문을 열고 들어갈 수 있는 공간이었으면 좋겠어요. 그리고 책만 있는 게 아니라 다른 재미난 것도 많고, 고양이도 꼭 있었으면 좋겠어요. 동물과 책과 여러 문화가 어우러진 공간이면 재밌을 것 같아요. 그곳에서 한 달에 한 번씩 파티도 열리고요. 매번 다른 형식의 파티가 열린다면 너무너무 재미날 것 같아요. 오두막 옆에 미술관이 있으면 더 좋고요. 책방을 중심으로 마을도 생기고, 사람들이 함께 모여 꿈을 펼쳐갈 수 있으면 정말 좋을 것 같아요.

머릿속으로 그녀가 말한 책방의 이미지를 상상해보았다. 상상만으로도 좋았다. 만약 책방이 중심이 되어 마을이 생기는 곳이 이상이 아닌 현실이 된다면 나도 그 마을에 들어가 살고 싶다. 지금은 이상에 지나지 않지만 언젠가는 이상이 아닌 현실이 되는 날도 오지 않을까.

―매일 북극서점의 문을 열며 하는 생각이 있으세요?

오늘은 무슨 책을 읽을까 생각해요. 저는 출근을 하는 느낌보다 서재에 오는 느낌으로 책방에 오거든요. 읽지 않은 책들에 대한 호기심을 가지고 책방 문을 열어요. 책을 읽기 위해 책방을 열었기 때문에, 그 생각들을 1순위로 항상 안고 있어요. 그래서 책방에 오는 게 너무 즐거워요.

—마지막 질문입니다. 순 사장님이 느끼는 인천의 가장 큰 매력은 어떤 것이라 생각하세요?

인천은 빈티지의 도시예요. 인천의 원도심은 다른 곳의 원도심보다 훨씬 더 날것의 느낌을 풍겨요. 잘 찾아보면 곳곳에 재밌는 요소들이 많아요. 근대 건축물도 있고, 옛 느낌을 가진 가게도 많이 있고요. 빈티지함을 좋아하는 분들이라면 충분히 매력을 느낄 수 있는 도시라고 생각해요.

빈티지함을 좋아하는 이들이라면, 인천에 와서 천천히 흘러가는 시간들을 음미하며 거리를 거닐면 딱 좋을 것 같다.

◀순 사장님은 본인을 가리켜 걸어 다니는 북극서점이라고 말했다. 자신의 오장육부는 바로 책방 공간이고. 이렇게 책방을 마음 깊이 아끼는 책방지기가 있다는 그 자체로 인천은 또 하나의 매력을 가지는 도시가 된다. 과거로 시간여행을 할 수 있는 공간으로 북극서점이 오래오래 남아주길 바라며 문밖을 나섰다.¶

잊지 말아야 할 기억의 순간, 부평공원

인터뷰를 하기 전에 시간이 남아, 잠시 산책을 하며 맑은 공기를 쐬고 싶었다. 어디가 좋을까 생각하는데, 부평공원을 발견했다. 그래서 부평공원을 산책하기로 결정했다. 공원에 들어서기 전에는 입구가 당연히 한 군데일 줄 알았다. 그런데 이게 웬걸. 도착해보니 여기저기 공원으로 진입할 수 있는 입구가 꽤나 많았다. 심지어 내가 들어온 곳이 정문이 아니었을 정도로 부평공원은 컸다. 공원에 들어서니 여름에 맞게 싱그러운 빛깔의 옷을 입고 나무들이 방문객들을 맞이하고 있었다. 온통 초록빛으로 공원을 물들이고 있는 나무를 보고 있으니, 나도 모르게 입가에 미소가 지어졌다.

부평공원의 산책로는 정갈했다. 곳곳에 걷다 지치면 언제든 쉴 수 있게 마련된 벤치도 많아서, 걷다 쉬다를 계속 반복하며 나무들이 내뿜는 피톤치드를 들이마셨다. 얼마나 걸었을까. 눈에 강제징용노동자상과 평화의 소녀상이 들어왔다. 땡볕 아래 우두커니 서 있는 강제징용노동자상과 소녀상을 만나자 마음 언저리에서 울컥함이 뜨겁게 차올랐다. 그것은 무어라 말로 표현하기는 힘든 감정들이었다. 이마와 등에서는 쉴 새 없이 땀이 흐르고 있었지만, 나는 움직일 수 없었다. 한참을 붙박이처럼 그곳에 서서 아직 해결되지 않은 우리의 과거이자 현재를 생각했다. 한 분이라도 더 생존해 계실 때 일본으로부터 진정으로 마음에서 우러나온 사과를 받을 수 있으면 좋겠다. 그러기 위해서는 나도 잊지 않고 항상 기억하겠노라 다짐을 하고, 묵념을 한 후 떨어지지 않는 발걸음을 떼어 공원을 나왔다.

어쩌면 오늘의 걸음은 운명적이었던 걸지도 모른다. 항상 가방에 소녀상 관련 배지를 달고 다녔지만, 일상에 치여 나도 모르게 흐릿해진 마음을 상기시키기 위한 이끌림이 담긴 걸음. 공원에 들어설 때와 달리 나올 때는 마음이 먹먹하고 무거웠지만, 가길 잘했다 싶었다. 이 걸음으로 인해 내 다짐은 다시금 선명해졌으니 말이다.

구미

이곳의 모든 책이
베스트셀러
입니다

http://www.samilbooks.kr
https://www.facebook.com/samilbooks/
https://www.instagram.com/samilbooks/

📍 경상북도 구미시 금오시장로 6

서점 프로젝트를 시작하며 내가 가장 믿고 의지하는 책방지기, 정도선 님에게 책방을 한 곳 추천해달라고 했더니, 조금의 고민도 없이 그는 삼일문고를 추천했다. 삼일문고를 추천받고, 구미로 가는 길에 걱정과 설렘이 머릿속에서 뒤엉켰다. 구미에 지역 서점이 생긴다는 이야기를 들었을 때부터 궁금했던 공간이었기에 이렇게 추천받아 갈 수 있다는 사실에 설렜다. 설렘도 잠시, 단 한 번의 안면도 없는 그를 만나 버벅거리지 않고 인터뷰를 잘해낼 수 있을까 하는 걱정이 먼저 들었다. 내가 전문 인터뷰어가 아니기에 더 그랬던 걸지도 모르겠다. 그러나 삼일문고에 들어선 순간 그 모든 감정들을 잊어버렸다. 대신 내 머릿속에는 또 다른 감정이 팔딱팔딱 살아 숨 쉬고 있었다. 사랑. 그렇다. 삼일문고와 사랑에 빠져버렸다. 처음 만난 이 공간에서 나는 첫사랑에 빠진 소녀처럼 혼자 수줍게 얼굴을 붉혔다.

인터뷰하기로 했던 시간보다 1시간 먼저 삼일문고에 도착해 서점 곳곳을 구경했다. 정갈하고, 포근한 이미지의 공간감이 느껴졌다. 지하 1

층과 지상 1층 총 두 층으로 구성된 구조임에도 불구하고 공간의 유기성
이 곳곳에서 느껴져서 감탄스러웠다. 서가의 배치 또한 튀는 것 없이 모
든 공간과 일체가 되어 아름답게 빛나고 있었다. 그리고 한 가지 더. 윤
동주를 좋아하는 내게 더 특별하게 다가왔던 윤동주 100주년 기념 전시
(2017년은 윤동주 탄생 100주년이었다). 삼일문고를 둘러보며 나는 점점 더
거세게 심장이 뛰고 있음을 깨달았다. 공간과 사랑에 빠지는 게 대체 얼
마 만이던가. 삼일문고 곳곳에 보이지 않는 발자국을 남기며 직감했다.
오래도록 이 공간을 내가 사랑하게 될 것이라는 사실을.

　한참을 넋을 잃고, 곳곳을 구경하며 이 공간에 푹 빠져 있는데 시계
를 보니 인터뷰 시간이 코앞이었다. 이제 좀 차분해져야 했다. 흥분을 가
라앉히고, 차분히 오늘의 주인공을 만나야 할 시간이다. 김기중 대표님에
게 연락을 드렸더니 잠시 위층에 있다가 곧 내려온다고 하셨다. 떨리는
마음으로 카운터 주변을 서성이고 있는데 그가 나타났다. 어색한 표정으
로 인사를 나누고 서점 옆에 자리한 카페 비블리오에서 인터뷰가 시작되
었다. ▶

—우선 자기소개 먼저 부탁드려도 될까요?

안녕하세요. 구미 삼일문고의 대표, 김기중입니다. 저는 원래
서점인은 아니었고, 자전거를 탔습니다. 2007년경부터 자전
거를 탔고요. 2011년도부터 5년간 국제 대회에 도전했습니다.
히말라야 도전을 마지막으로 자전거는 취미로 타고 있는 중입

구미 삼일문고 대표•김기중

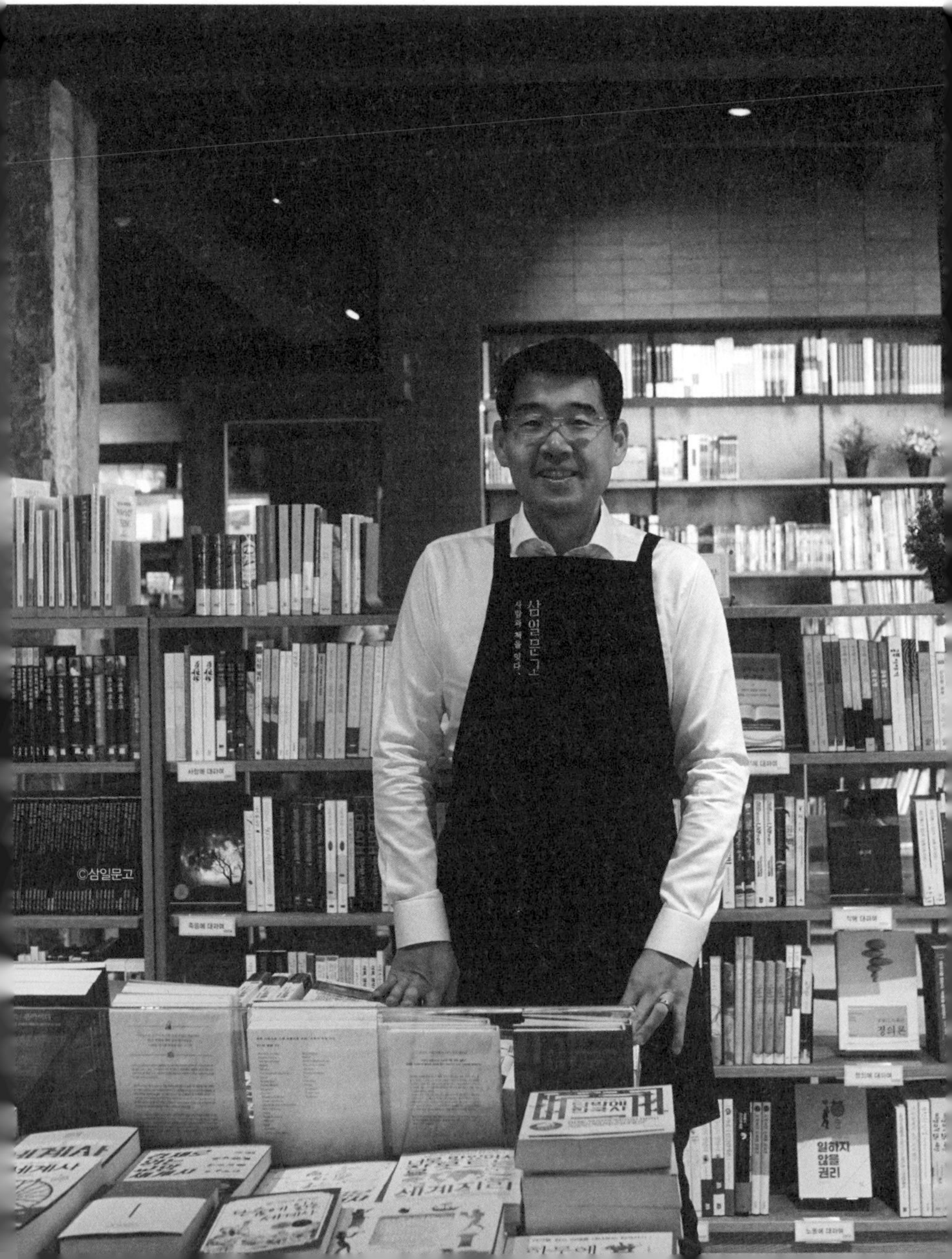

니다. 이제는 자전거가 아닌 사회 속에서의 도전을 위해 움직이고 있어요. 자전거를 탔을 때는 많은 리스크를 감내하고서 도전을 했는데, 막상 제 직장에서는 그렇지 못해서 새로운 도전을 하고 있는 중입니다.

—오기 전에 대표님이 쓰신 『행복한 고통』을 읽어보았는데요. 읽으면서 저도 함께 램RAAM(Race Across AMericia, 미대륙 횡단 레이스)을 달리는 기분이 들어서 마음이 뜨거워지는 것만 같았어요. 이건 딴소리지만 글도 잘 쓰시던데요?

사실 원래는 지금 나온 형식의 글이 아닌 일기식으로 글을 썼었어요. 그런데 제가 유명한 선수도 아니고 해서 어렵다는 이야기가 있었어요. 그래서 가독성을 좀 더 높이기 위해서 다시 쓰다 보니 지금의 책으로 나오게 되었습니다.

—책을 읽으면서 대표님의 도전 정신과 많은 인내를 가지고 오랜 시간 대회를 준비한 것을 보며 큰 감명을 받았습니다.

그때는 정말 자전거에 미쳤었죠. 그래서 가능했던 게 아닌가 싶어요. 현재는 자전거가 아닌 서점에 미쳐 있는 상태지만요.

—작은 책방을 만들 수도 있는데, 구미에 작은 규모가 아닌 대형 서점을 만들게 된 이유가 있으세요?

이 부분도 자전거와 맞닿아 있는데요. 저는 자전거를 탈 때 정말 제 모든 걸 다 쏟아부어서 달렸거든요. 서점도 마찬가지예요. 처음에는 큰 예산을 잡지 않고 시작하려 했어요. 그런데 막상 준비를 하다 보니 예산이 점점 더 불어나더라고요. 그렇다고 해서 예산에 맞추어서 하고 싶지는 않았어요. 제 머릿속에 그려진 서점의 이미지가 있기 때문이죠. 그래서 그것들을 최대한 구현해보려고 하다 보니 제가 할 수 있는 최대치까지는 해보자는 생각이 들었어요. 그리고 처음 할 때 공간을 충분히 준비해놓지 않으면 리모델링하는 상황이 왔을 때 정말 힘들 거라는 생각이 들어서 지금의 삼일문고 공간을 만들게 되었어요. 참 재미있는 건 처음에 저는 '서점이 하고 싶어!'라는 생각으로 서점을 연 건 아니라서 다른 사람들과 좀 달라요. 서점을 운영하고 싶다는 생각을 가져본 적이 없는데, 우리나라의 기형적 서점 구조가 저를 서점을 만들게끔 이끈 것 같아요. 오프라인 서점 공간은 점점 더 매출과 연관이 높은 참고서 비중이 늘어가고, 일반 서적들은 구색을 위해 가져다 놓는 정도로 변했어요. 그래서 독자들은 일반 책을 오프라인이 아닌 온라인에서 더 사게 되고요. 구미도 마찬가지였어요. 도서정가제 전이라 할인 정책도 엉망이었고, 참고서의 비중은 과도하게 높아서 일반 책을 찾기가 힘들었어요. 그리고 구미에서 오랜 시간 서점을 운영하셨고 매장의 규모도 크다고 여겨지던 서점도 결국에는 그걸 견디지 못하고 문을 닫더군요. 서점이 점점 더 사라지면 곤란하겠다는 생각이 들었고 그 생각이 결국 서점을 여는 데 큰 영향을 끼쳤어요.

서점이 점점 더 사라지면 곤란하다는 그의 말에 절로 고개가 끄덕여졌다. 얘기를 듣다 보니 그의 특이한 이력만큼이나 자전거와 서점의 상관관계가 궁금해졌다. 자전거와 서점의 닮은 점은 무엇일까. 그러면 그런 내 궁금증을 풀어줄 수 있을 것 같았다

—자전거와 서점의 닮은 점은 무엇이라 생각하세요?

꿈을 이루어가는 부분에서 자전거와 서점은 가장 닮지 않았나 싶네요. 그리고 제가 운동을 할 때도 그렇고, 서점도 혼자서는 이루어갈 수 없더라고요. 제가 램에 도전했을 때도 같이 훈련과 준비를 도운 크루들이 있고, 서점도 마찬가지로 오픈하기 전까지 인테리어를 도와주신 건축가분들이 있고, 서점을 열고 난 뒤에도 함께해주는 직원들이 있었죠. 혼자였다면 이룰 수 없는 꿈이 아니었을까 하는 생각이 드네요. 아, 하나 더 닮은 게 있어요. 자전거도 그렇고 서점도 누군가가 먼저 걸어간 길이 아니라 개척해보자는 생각으로 하고 있거든요. 독자가 어떤 걸 원할지 잘 모르는 상황에서 이건 이러이러하지 않을까 하는 가정을 세우고, 움직이는 부분이 램을 달렸을 때와 닮았네요. 램도, 서점도 주변에서 많이 말리고 반대했다는 부분도 닮은 점이네요. 램은 위험을 무릅쓰고 목숨까지 건다는 점에

서 만류가 심했고, 서점은 경제적인 측면에서 불안정해질 수도 있다는 부분에서 반대가 심했거든요. 만약 제가 자전거를 타보지 않았다면 반대를 돌파할 수 있는 에너지를 느끼지 못해서, 서점이라는 공간을 여는 데 부딪힌 반대에서 더 큰 어려움이 따랐을 거 같아요.

그의 말을 들으며 결국 자전거가 그를 서점이라는 공간으로 이끌었음을 알게 되었다. 그는 지금 자전거를 타고 달리지는 않지만, 서점이라는 공간을 통해 많은 책 사이를 달리고 있다. 그의 눈빛에서, 지금 이 순간도 그가 달리고 있음을 느꼈다

—홈페이지를 보니 "삼일문고는 ㈜삼일이 삼일 장학문화재단에 이어 오랜 시간 심혈을 기울여 준비한 두 번째 문화 사업입니다"라고 나와 있던데, 삼일재단과 삼일문고는 어떤 관계인가요?

이 부분은 아버님이 하시던 장학사업과 관련이 있는데요. 아버님이 장학사업을 시작하시면서 '삼일'이라는 이름을 처음 사용하게 되었습니다. 그 당시 삼성전자 대리점을 하셔서 거기에서 '삼'이라는 단어를 따온 것도 있고, '삼일'이라는 이름이 삼위일체라는 뜻도 있고, 나 혼자 걸어가는 것이 아닌 함께 걸어간다는 뜻도 있고요. 그리고 지금 서점이 있는 공간이 예전에 삼일빌딩이라는 이름으로 불리던 곳이기에 굳이 바꾸기보다는 그대로 이름을 이어나가는 게 제일 좋겠다고 생각했어

요. 아버지 세대의 그런 마음들을 다음 세대가 이어가기 위한 부분에서도 가장 적합하다고 느껴졌어요. 현재 서점 이름으로 따로 기부를 하고 있지는 않지만, 삼일재단의 또 다른 장학문화 사업이라는 생각도 하고 있고요. 사실 처음에는 삼일문고가 아닌 '북 러버'라는 이름도 생각했었어요.

그런데 예상보다 서점의 규모가 커져서 '북 러버'는 무산되었어요. 작은 공간으로 만들어지면 '북 러버'라고 하려고 했거든요. 그리고 서점이라는 이름보다는 문고라는 단어가 더 좋게 와닿아서 삼일문고라는 이름으로 이 공간이 탄생하게 됐네요.

'북 러버'라니. 전혀 상상이 가지 않는다. 삼일문고라는 이름이 너무 착착 입에 달라붙어서, 서점 입구에 삼일문고가 아닌 '북 러버'라는 이름이 붙어 있는 모습을 상상하니 나도 모르게 웃음이 새어 나왔다

—대부분 동네 서점들이 서점에 대한 소식을 페이스북이나 인스타그램으로만 전하곤 하는데, 홈페이지까지 만드신 이유가 있으신가요?

사실 처음에 홈페이지까지 만들어야겠다는 생각을 하지는 못했었어요. 근데 인스타그램이나 페이스북은 지나간 소식들을 챙겨보기는 힘들잖아요. 그래서 누적된 데이터를 한눈에 볼수 있는 공간이 필요하겠다 싶어서 홈페이지를 만들게 됐어요. 홈페이지라고 해서 그렇게 거창하진 않고요. 심플한 디자인으로 유지되고 있습니다. 아, 나중에는 홈페이지를 통해 예

약을 받기도 할 예정입니다.

그의 말처럼 SNS 페이지들은 한 번 피드가 흘러가버리면 다시 그 내용을 확인하기가 쉽지 않다. 그런 면에서 삼일문고의 소식들을 한눈에 볼 수 있는 홈페이지가 있다는 것은 이곳만의 강점이 아닐까.

—SNS 계정과 홈페이지 관리는 대표님이 다 직접 하시는 건가요?

네. 제가 직접 다 관리하고 있습니다. 그래서 죽겠습니다, 아주.

죽겠다고 웃으며 말하는 목소리에서 그의 책 제목인 『행복한 고통』이 떠올랐다. 바쁘고 피곤한 일투성이일 테지만 그에게는 지금 이 순간들이 정말 행복한 순간들이 아닐까.

—카페, 강연, 전시, 공연, 영화 상영, 만화 도서관 등 여러 형태로 서점이 운영되고 있는데 처음부터 다목적 문화공간으로 서점을 운영하려고 계획하신 건가요?

제가 어렸을 때를 생각하면 서점의 이미지는 문화공간보다는 책을 판매하는 공간으로서의 느낌이 컸어요. 그런데 어느 순간부터 서점이라는 공간이 변화하더라고요. 단순히 책을 판매하는 곳이 아닌 여러 가지 문화 기획들을 접할 수 있는 공간으로요. 그래서 서점에서의 문화적인 측면을 생각해보게 되었습니다. 그러다 보니 우리 서점이 가지고 있는 가장 큰 장점이 무엇일까 하는 것도 생각해봤어요. 서점 바로 옆에 소극장도 있고,

문화단체들과도 교류를 맺고 있고요. 구미라는 도시에서 일상적인 행사가 너무 적다는 생각도 들어, 영화도 상영하게 되고 다른 행사들도 하게 되었어요. 영화 같은 경우는 다른 사람의 도움이 없이도 저 혼자서도 잘해볼 수 있겠다는 생각도 있었고요. 불을 끄고 영화를 관람하는 게 아닌, 서점이라는 공간에서의 활동들은 그대로 유지하며 영화를 관람할 수 있게 야외용 프로젝터도 하나 구입을 했어요. 야외용 프로젝터는 굳이 불을 끄지 않아도 영화를 관람할 수 있거든요. 프로젝터뿐만 아니라 스피커도 여러 대를 구입했어요. 강연용, 음악 감상용, 이동용으로요. 최대한 이 공간 안에서 여러 가지를 할 수 있도록 준비를 많이 했습니다.

서점 자체뿐만 아니라, 문화적인 부분으로도 어중간한 게 아닌 완벽하게 해내려는 그의 의지가 엿보이는 답변이었다. 내가 삼일문고에 간 날은 아쉽게도 영화 상영이 없는 날이라 영화가 상영될 때의 모습은 볼 수 없었지만, 서점 지하층의 중심부의 모습을 보며 영화가 상영될 때는 이러이러한 모습이겠지 하는 짐작은 충분히 할 수 있었다.

—카페 비블리오가 서점 안에 위치해 있어서, 일본의 쓰타야 서점이 생각나기도 했습니다. 쓰타야 같은 경우에는 스타벅스가 서점과 함께 있는데, 그런 경영모델도 삼일문고를 만드실 때 참고하여 만드셨나요? (일본의 대형 서점 체인인 '쓰타야'는 서점에 스타벅스가 함께 결합된 형태로 매장이 운영

서점 카운터 바로 옆에 자리한 카페 비블리오의 카운터.
커피를 마시러 와서 자연스럽게 책을 구경할 수 있는 구조다.

삼일문고 지하의 모습.
이곳에서 영화도 상영하고, 공연과 강연도 한다.

되고 있다.)

아, 아니에요. 쓰타야를 따로 참고하지는 않았습니다. 처음에 공간을 설계할 때 건축가님이 조언도 많이 해주셨고, 저도 책만으로는 서점 운영이 힘들 테니 커피를 팔아보면 어떨까 싶었어요. 기존의 서점 공간을 최대한 뺏지 않는 범위 내에서 카페를 만들어야겠다 싶었어요. 커피를 마시러 온 사람들이 책도 구경하면 좋을 것 같고요. 그리고 반대로 쓰타야와는 달리 저희는 카페에서 수익이 나지 않아요. 커피 값이 저렴한데 비해서 기계도 비싼 걸 쓰고, 원두와 식자재도 좋은 재료를 사용해요. 함께 일하고 있는 직원도 9년 차 경력의 바리스타거든요. 이왕 하는 거 어중간하게 하기보다는 제대로 해보고 싶다는 생각도 비블리오의 탄생에 영향을 미쳤고요.

역시, 그는 어중간한 건 선호하지 않는 타입이었다. 그래서일까. 서점에 도착해 책을 구경하기 전에 카페 비블리오에서 커피를 마셨는데, 커피 맛이 너무 훌륭해서 깜짝 놀랐다. 대표님이 말씀하신 것처럼 구미에서 제일 비싼 기계와 오랜 경력의 바리스타가 만들어낸 커피의 맛과 깊이는 내 마음에 쏙 들었다. 만약 내가 책에 관심이 없는 사람이고, 커피에만 관심이 있다면 기꺼이 커피만으로도 이 공간에 발걸음을 할 수 있을 것 같았다.

—인터넷 서점에서 운영하는 중고서점을 제외하고는 보통 새 책을 파는 서점은 중고 도서를 판매하거나 매입하는 서비스를 전문적으로 운영하지 않는 곳이 많은데, 중고 도서 서비스를 시작하게 된 계기가 있으세요?

우리나라에서는 조금 생소할 수도 있지만, 미국 쪽의 서점에서는 이미 바이백Buy-back 서비스가 활성화되어 있어요. 새 책과 중고 책을 취급하는 공간이 같이 있다는 건 엄청난 시너지라고 생각도 하고요. 그리고 우리 서점에서 산 책은 내가 다시 매입할 수 있을 정도의 퀄리티를 지닌 책이라는 자부심도 있고요. 단지 한 가지 불편한 점이라면 관리의 문제겠죠. 그래서 현재는 구입한 지 1년 이내의 책만 바이백 서비스를 제공하고 있습니다. 아무리 관리가 잘되었다고 하더라도 1년이 지나가면 책 상태가 그렇게 좋지는 않더라고요. 관리의 문제가 만만치 않아서 결코 쉽지만은 않은데, 관리만 잘된다면 정말 위력적인 서비스가 되지 않을까 싶습니다.

삼일문고 지하에는 보통의 서점에서는 보기 힘든 꽤나 큰 중고 코너가 있다. 그 이유가 정말 궁금했는데 이야기를 듣고 나니 절로 고개가 끄덕여졌다. 정성껏 큐레이션 해서 책을 진열한 만큼, 그 책이 다시 돌아온다고 하더라도 자신의 선택을 믿기에 중고로 매입할 수 있다는 자신감. 나는 그의 그런 자신감이 부럽다는 생각이 들었다.

—삼일문고에는 다른 서점과는 달리 베스트셀러 코너가 없던데, 베스트셀러 코너를 만들지 않은 이유가 있으신가요?

어, 이 부분은 뜻하지 않게 만들어졌어요. 굳이 베스트셀러는 표시를 해놓지 않아도 알아서 독자들이 구매를 하는데, '베스트셀러 코너를 따로 만들어야 할까?'라는 생각을 오픈 전부터 많이 했어요. 그렇게 고민을 하던 차에 설계가 완료되고 도면을 보니 베스트셀러를 진열할 곳이 지금 윤동주 100주년 전시를 하고 있는 공간밖에 없더라고요. 근데 전시실 앞에 그 코너가 있으면 전시실이라는 공간이 너무 상대적으로 답답해 보이는 게 커서, 안 되겠다 싶어서 베스트셀러 코너를 만들지 않기로 했어요. 굳이 그 공간이 없어도 잘나가는 책들이기에 다른

책들을 더 비중 있게 소개하는 게 중요하다는 생각도 했고요. 비록 베스트셀러 코너는 없지만, 베스트셀러들은 곳곳에 다 구비하고 있습니다.

인터뷰를 오기 전에 삼일문고에 대해 검색을 하다가 베스트셀러 코너가 없다는 글을 본 적이 있다. '이곳은 왜 베스트셀러가 없나요?'라는 질문에 '이곳의 모든 책이 베스트셀러입니다'라고 대답한 글을 보며 요새 말로 심쿵했다. 모든 책에 동등하게 주목할 수 있게 하는 그의 재치 있는 대답이 내내 뇌리에서 떠나지 않았다. 억지로라도 베스트셀러 코너를 만들 수도 있었지만, 그의 말처럼 어차피 베스트셀러는 굳이 써놓지 않아도 자동으로 많은 사람들이 찾기 마련이다. 그리고 베스트셀러 코너가 없기에 삼일문고 안에 진열된 책들은 모두가 소외받지 않고 공평한 느낌으로 독자에게 다가설 수 있는 게 아닐까 싶다.

—다른 서점과는 차별화된 삼일문고만의 특색은 무엇이라고 생각하세요?
다른 곳에 없는 것들이 몇 가지 있죠. 전시장, 카페, 만화 도서관, 중고서점, 그림책을 읽을 수 있는 공간이라든지, 그런 것들요. 처음 설계부터 문화공간을 극대화하려고 생각했고요. 나중에는 책 선별로 차별화가 되는 공간을 만들고 싶어요.

책 선별로 차별화가 되는 공간을 만들고 싶다는 말처럼, 그는 이미 조용히 삼일문고의 미래를 준비하고 있었다. 차곡차곡 책에 대한 여러 데이터가 쌓이면 삼일문고만의 클래식이라 말할 수 있는 '삼일문고 1000선'을 선보일 계획이라고 했다. 분야별로 정리된 삼일문고만의 클래식은 어떤 모습으로 독자에게 다가갈까. 많은 시간이 필요할 테지만 단언할 수 있다. 정말 멋진 컬렉션일 거라는 걸.

—오픈하신 지 6개월 가량 되셨는데 서점에서 일하면서 기억에 남는 에피소드가 있나요?

많죠. 그중에서도 김천에 사시는 한 아주머니가 기억에 남네요. 거의 매일 서점에 오시는 분인데, 『토지』 전권을 구입 하셨어요. 그런데 한 번에 가져가지 않고 날마다 오셔서 책을 한 권씩 가져가시더라고요. '배달해드릴까요'라고 물었더니, 서점에 매일 오고 싶어서 조금씩 책을 들고 가는 거라고 대답을 하시더라고요. 정말 인상 깊었습니다.

나 또한 서점원 생활을 하며 인상적인 이야기들이 정말 많았다. 그러나 대부분 책 제목에 대한 것들이 많았기에 이런 감동적인 에피소드는 드물다. 그의 이야기를 들으며 서점이란 얼마나 중요하고 소중한 공간인가 하는 생각이 새삼 들었다. 서점에 매일 오고 싶어서 책을 조금씩 가져가는 손님이라니. 이 얼마나 감동적이고 마음 벅찬 이야기인가.

—만약 삼일문고에 책을 한 권도 읽지 않은 분이 오신다면 읽어보라고 추천해주고 싶은 도서가 있으세요?

연령대에 따라 다를 것 같아요. 어느 아주머니가 오셨을 때 추

천해드렸던 책이 생각이 나는데요. 양귀자 소설가의 『모순』
이라는 책이에요. 그 외에 다른 책들은 남자분들이면 박민규
작가의 책, 영화 보는 걸 즐기시는 분이면 천명관 작가의 책,
20~30대분들은 에세이가 좋지 않을까 싶어요.

    딱 한 권만 이야기할 수도 있는데, 다양한 타깃층을 예시로 들며 여러 책
    과 작가를 이야기하는 걸 보며, 아직은 많이 부족하다고 말했지만 이미
    그는 빠른 시간에 독자들의 니즈를 많이 파악한 것 같다. 6개월 만에 이
    정도면 6년 후의 삼일문고는 정말 폭넓은 독자를 팬으로 만드는 서점이
    되지 않을까.

—대표님이 이제껏 살아오면서 읽은 책 중 정말 행운이라고 느꼈던 책이 있
을까요? 이 책을 만난 건 정말 내 인생의 큰 이벤트였다 싶은 책이요.

『스토너』를 꼽고 싶네요. 한동안 소설을 읽고 감동을 받지 못
했는데, 『스토너』는 그런 걸 다시 일깨워준 책이에요. 제가 책
을 좋아했던 것처럼 주인공도 그랬고, 책 속 주인공의 삶이 결
코 성공했다고 할 수는 없지만, 공감 가는 부분도 많아 감동으
로 다가왔어요.

    『스토너』. 밋밋해 보이는 줄거리와 달리 책장을 펼치자 엄청난 흡입력이
    있어서 놀랐던 작품이었다. 읽기 전에는 단순히 한 사람의 삶과 죽음에
    대한 이야기인줄로만 알았는데, 책장을 넘기며 그의 삶이 미국이라는 나
    라의 역사를 관통하고 있음을 깨닫고 전율했다. 역사적인 부분을 떼놓고

서라도, 읽다 보면 자동적으로 모두 스토너라는 인물에 이입될 수밖에 없는 힘을 가진 소설이다. 그에게도 『스토너』가 인상 깊었다는 사실이 좋았다. 역시 좋은 책은 시대와 사람을 가리지 않고 통한다.

—이제 질문이 몇 가지 안 남았네요. 대표님이 생각하는 이상적인 서점이란 무엇인가요?

지역 서점이다 보니까 지역민에게 필요한 공간으로 자리하는 것과 책의 목소리를 독자들에게 잘 전달할 수 있는 서점. 그게 바로 이상적인 형태의 서점이 아닐까 싶어요.

지금처럼만 계속 걸어나간다면, 삼일문고는 구미사람들에게 빼놓고 이야기할 수 없는 공간이 될 거라 믿는다. 이야기를 나누는 시간 동안 오늘 처음 만난 그에게서 비록 눈에는 보이지 않지만 '믿음'이라는 글자가 가장 잘 어울리는 서점인이라는 생각을 했다.

—앞으로 서점이 나아가야 할 방향은 무엇이라고 생각하세요?

독자가 서점의 키key를 가지고, 공간을 가꾸어가는 게 가장 중요하지 않나 싶어요. 결국 서점이란 독자의 발걸음으로 유지가 되고, 지역 서점은 지역민과 호흡을 하지 않고서는 살아남을 수 없으니까요.

구미 시민들이 직접 키를 쥐고 삼일문고를 이끌어 가는 모습을 상상하니 괜히 기분이 좋았다. 삼일문고는 이미 시민과 함께 숨 쉬는 공간이 되어 독자가 직접 큐레이션 제안을 하기도 하고, 책을 정리하고 있으면 와서 책 정리를 도와주기도 하며 그렇게 조금씩 변하고 있다.

—매일 서점에 나오시잖아요. 서점 문을 열며 어떤 생각을 하세요?

오픈 담당 직원이 있어서 제가 직접 서점 문을 열지는 않지만, 매일 서점에 나오다 보니 드는 생각은 있어요. 정말 즐겁다는 거요. 일이 많아 한번 오면 쉽게 나갈 수 없어서 약간 망설여지기도 하지만, 막상 서점에 들어서면 정말 즐거워요. 그 즐거움이 항상 마음속에 자리하고 있는 것 같아요.

　다른 직원들과 달리 휴무일도 없이 매일 책방에 나오느라 지치기도 할 텐데, 서점에 들어서는 순간 즐겁다고 말하는 그의 표정에서 아이처럼 맑은 에너지가 뿜어져 나왔다. 어느덧 내가 준비한 질문도 바닥을 보이고 있었다. 지금부터는 구미에 관한 걸 물어볼 생각이었다.

—구미에서 꼭 가봐야 할 명소나 맛집 같은 게 있다면 추천해주시면 감사하겠습니다.

음식 쪽은 여여브레드라는 빵집이 있어요. 구미에 왔다면 한 번쯤은 먹어봐야 할 빵이에요. 아쉽게도 지금은 빵이 다 소진될 시간이네요. 걷기 좋은 곳은 금오산을 추천하고 싶어요. 밤에 걸어도 좋고, 낮에 걸어도 좋은 곳이에요.

—내일 금오산은 꼭 가봐야겠네요. 걷는 걸 좋아하거든요. 그리고 여행자에게 추천해주고 싶은 여행 관련 도서가 있다면 얘기해주세요.

저는 다른 사람과 여행의 스타일이 조금 달라서, 오지 쪽을 탐험하는 형태의 여행을 선호하는 편이에요. 문명을 멀리하는 여행이 정말 좋아서 기억에 깊이 남아 있어요. 지금 떠오르는 책이 있는데, 여행 서적이라고 하기에는 힘들지만 안병식 씨의 『나는 달린다』라는 책이 생각나네요. 울트라 마라토너인 저자가 온 세계를 달린 경험담이 담긴 책이에요. 현재는 절판되어서 나오지는 않지만요. 그리고 한 권 더 있는데요. 브루스 채트윈의 『파타고니아』라는 책이에요. 제가 파타고니아에 갔을 때도 좋았는데, 이 책을 보면 파타고니아가 어떤 느낌인가라는 걸 알 수 있어요.

◀3시간이 넘는 시간 동안, 열정이 가득한 그의 이야기를 들으며 참 많은 걸 배우고 느꼈다. 마음이 뜨거워지는 느낌도 함께 받았고, 한국에서 가장 아름다운 서점을 만들고 싶다는 생각을 가진 그. 처음에는 그 아름다움이 단순히 공간적인 것에 국한된 아름다움이었다면, 지금은 더 나아가 책, 프로그램, 사람들과 어떻게 연계를 해나갈 것인지에 대한 복합적인 아름다움에 대한 고민을 하고 있다고 했다. 그의 말들을 들으며 어쩌면 서점이란 그 어떠한 공간보다 고민거리를 많이 던져주는 곳이 아닐까 하는 생각이 절로 들었다. 삼일문고는 다른 서점과 달리 유아 코너가 컸는

데, 아이들이 서점을 놀이 공간처럼 생각하고 놀러 올 수 있게 그렇게 꾸몄다고 했다. 숙제로서의 책이 아닌 친구로서의 책에 대한 감정을 어떻게 아이들에게 심어줄 수 있을지 지속적으로 생각하고 있다는 목소리에서, 서점 지하에 자리한 만화도서관에 앉아서 책을 읽는 아이들의 모습이 떠올랐다. 서점의 주차장에 자기들이 타고 온 자전거를 세워두고 지하로 쪼르르 달려갔을 아이들. 직접적인 매출에 그 아이들이 도움이 되지는 않겠지만, 내 눈에는 그 모습들이 한 폭의 그림처럼 아름다워 보였다. 다른 곳을 갈 수도 있는데, 굳이 자전거를 타고 와서 서점이라는 공간에 와서 머무른다는 것이. 최소 20년을 바라보며 삼일문고를 시작한 그의 다짐은 아이들의 그런 모습으로 인해 더 단단해질 수 있는 게 아닐까. 예전에는 사이클 리스트라는 글자만 봐도 심장이 뛰었는데, 이제는 서점인이라는 글

자가 그의 심장을 뛰게 한다는 것도 삼일문고의 미래에 고무적인 부분이라고 생각한다. 그처럼 열렬히 심장이 뛰는 서점원이 있기에 구미에서 삼일문고는 거인의 어깨처럼 든든한 공간으로 자라날 것이다. 구미라는 지역에 대한 애정과 책임감이 듬뿍 묻어나던 목소리는 서점이라는 공간이 단순히 책을 판매하는 상업적인 공간을 벗어나 사람을 위한 곳이라는 느낌을 더 강하게 안겨주는 하나의 포인트이고. 사람이 중심이 되는 곳, 삼일문고. 누구든 이곳에 발걸음 하면 사랑에 빠지지 않고는 배기지 못할 것이다. 나 또한 그랬으니까.

지상층과 지하층을 연결하는 계단처럼,
삼일문고는 우직하게 구미라는 도시에서 책과 사람을 잇는 공간으로 커나갈 것이다.

사색의 길, 금오산 길

삼일문고 인터뷰를 마친 다음 날, 김기중 대표님이 추천해주신 금오산에 왔다. 여여브레드도 들러보고 싶었는데 가는 날이 장날이라고 일요일이 휴무여서 아쉽게도 들르지 못했다. 그래도 너무 많이 아쉬워하지는 않으려 한다. 이번에 여여브레드를 가보지 못했으니, 다음번에도 구미를 와야 하는 핑계가 하나 더 생겼으니까.

금오산은 내 생각보다 더 크고 넓었다. 호수 옆, 산책로가 잘 조성되어 있어 걷기에 좋았다. 기분 좋은 마음으로 발걸음을 떼었다. 부쩍 추워진 날씨 탓에 걷는 사람은 그렇게 많지는 않았지만, 그래서 더 좋았다. 혼자 여유로이 사색을 하며 산책을 할 수 있으니까. 걷다 보니 금오정이라는 이름의 조그마한 정자가 눈에 띄었다. 상아색의 정자는 오랜 세월 그곳에 자리했는지 굳건한 모습으로 나를 반기고 있었다. 누군가는 이 정자에서 기타를 치며 노래도 부르고, 또 누군가는 삶에 대한 고민들을 잔잔한 호수에 던지기도 했겠지. 지금 이곳을 지나는 일개 관광객인 나는 앞으로 내 앞에 펼쳐질 날들에 대한 생각에 빠진다. 평균 수명이 길어져 살아가야 할 날도 많은 만큼, 하고 싶은 일, 쓰고 싶은 글이 참 많다. 한 번씩 우스갯소리로 사람들에게 말하곤 했다. 향후 10년간 쓰고 싶은 글의 아이디어는 충분하다고. 그 글들이 사장되지 않고, 세상에 빛을 볼 수 있게 하려면 정말 많은 노력이 필요하겠지. 우선은 꾸준함을 가지고 포기하지 않고 계속 써나가야지. 지금 상황에서 내가 할 수 있는 거라곤 그것뿐이니까. 마음속으로 다짐 아닌 다짐을

하는데, 한 무리의 오리가 유유히 호수 위를 떠가는 모습이 보였다. 오리들의 평화로운 움직임을 가만히 구경하고 있으니, 나도 덩달아 평화로워졌다. 걸음을 멈추는 순간순간마다 눈에 들어오는 풍경들이 참 좋아서, 왜 그가 금오산을 추천해주었는지를 깨달았다. 이곳에 다른 이름을 붙일 수 있다면, 사색의 길이라는 이름을 붙이고 싶다. 금오산 풍경들이 내게 보여주는 이미지는 나에게 오롯이 하나의 사색에 집중할 수 있게 만들어주었다.

순천

책방 손님과 함께
서가를 꾸미는
즐거움

https://www.facebook.com/simdabooks/
https://www.instagram.com/simdabooks/

전라남도 순천시 역전2길 10

책방심다
SIMDA BOOKS

심다

이제까지 성공적으로 인터뷰 허락을 받았다. 이번에도 당연히 그럴 거라고 생각했다. 지금까지 무난하게 허락을 받아서 잔뜩 자신만만해 있었다. 그러나 그 자신감을 한풀 꺾어놔야 할 일이 생겼다. 한 서점에 인터뷰를 요청했더니, 아쉽게도 인터뷰가 어렵다는 대답이 왔다. 너무 자신만만했던 탓일까. 거절의 순간도 분명히 있을 거라고 생각하고 이 프로젝트를 시작했지만 내 마음은 시무룩해졌다. 마치 항로를 잃은 배처럼 어떻게 해야 하나 한참을 고민했다. 그러다 머릿속에 책방 하나가 떠올랐다. 부부가 운영하는 순천의 책방 심다. 심다를 떠올리자마자 바로 순천에 가고 싶어 안달이 날 지경이었다. 그러나 문제는 인터뷰 허락을 받아야 갈 수 있다는 것. 떨리는 마음으로 인터뷰 요청을 보내고, 며칠 후 연락이 왔다. 환영하겠다는 긍정의 대답. 흔쾌히 인터뷰를 수락해주신 덕에 이번 인터뷰 도시는 그렇게 순천으로 결정되었다. 겨울의 끝자락, 주말의 햇볕을 모두 빨아들이며 순천으로 향했다. ▶

순천 심다 대표●김주은&홍승용

책방 심다
SIMDA BOOKS

©심다

—안녕하세요. 자기소개 먼저 부탁드릴게요.

승용 순천에서 책방 심다를 운영하고 있는 홍승용입니다.

주은 김주은입니다. (옆에서 안고 있는 아이를 가리키며) 얘는 홍유화예요. 얘도 저희 책방 홍보팀이라 소개를 해줘야 해요.

> 주은 님이 웃으며 홍보팀이라 소개를 해줘야 한다며 유화를 가리키며 말했다. 아직 어린 유화는 아빠인 승용 님의 품에 안겨 자신이 책방의 마스코트인 걸 아는지 모르는지 맑은 두 눈동자로 방긋거리며 나를 바라보았다. 유화의 눈빛에서 나는 느낄 수 있었다. 심다가 유화만큼이나 참 맑은 공간이라는 것을.

—순천에 책방 심다를 열게 된 이유가 있으신가요?

주은 일단 순천에 살고 있어서이기도 하고요. 저희가 결혼하면서 순천에 정착을 하게 됐어요. 원래 신랑은 순천에 살았고, 저는 원래 고향이 부산이었는데 결혼하면서 거주하는 지역을 바꾸고 싶어서 제주도 쪽을 살펴봤어요. 그런데 제주에 내려가 살려고 찾아보니 저희가 꿈꾸는 삶과는 조금 다른 느낌이 들더라고요. 제주로 내려가면 지금보다 더 열심히 돈을 벌어야겠다는 생각도 들었고요. 그런 부분에서 제주도는 무리라고 생각하고, 어느 지역으로 갈까 다시 고민을 했어요. 한창 고민하던 차에 신랑 때문에 순천에 오게 됐는데 순천이라는 도시가 너무 좋더라고요. 그래서 신랑에게 나는 순천에서 계속 살아보고 싶다고 얘기를 했어요. 그렇게 순천에 살게 되었어요. 저희 둘 다 사진을 전공하다 보니 집에 작업실이 같이 있었는데요. 우리가 일하는 공간에 사람들이 좀 오면 좋겠다 싶어서 서점을 생각하게 됐어요. 원래도 서점을 좋아했던지라 순천에 우리 작업실 겸 서점을 하나 만들면 어떨까 싶어서 심다를 오픈했어요. 저희가 오픈할 당시만 해도 순천에 자그마한 독립서점이 없기도 해서, 독립서점이 하나 있으면 좋겠다는 생각도 들었고요. 그래서 순천에 심다가 만들어지게 되었습니다.

—심다의 뜻이 궁금한데요. 무슨 뜻인가요?

주은 심다는 '나무를 심다' 할 때의 심다예요. 결혼하며 순천에 살면서 아기꽃사과나무가 꽃핀 걸 처음 보게 되었는데 그 꽃핀 게 너무 이쁘더라고요. 그 나무의 영향인지, 땅도 없는데 나무가 심고 싶어지더라고요. 그래서 신랑한테 한창 나무 심자고 말하곤 했어요. 그때 나무 심기에 꽂힌 덕에 '심다'라고 이름을 짓게 되었어요.

승용 나무 심다 말고도 여러 의미가 있어요. 책에는 많은 생각이 담겨 있잖아요. 책이 생각의 씨앗이라는 생각이 들어서 책방으로 그런 생각들을 심을 수 있는 곳이었으면 좋겠다는 뜻도 있고요. 끼워 맞춘 건 아니지만 실제로 저희가 나무를 심어요. 책의 수익금 일부를 가지고 나무를 심고 있어요.

주은 첫해는 수익이 별로 안 나서 나무를 못 심었고, 작년에 사실 한 그루를 심었어요. 나무 묘목이 생각보다 비싸더라고요. 올해는 좀 더 많은 나무를 심으려고 생각 중이에요. 귀촌한 친구가 있는데, 안 쓰는 땅을 빌려준다고 해서 그 땅에 나무를 많이 심어보려고요.

책은 나무에서 시작되고 만들어진다. 실제로도 나무를 심고 있는 두 사람의 모습에서 이처럼 이름과 잘 어울리는 책방이 있을까 하는 생각이 들었다. 그야말로 친환경적인 책방이다. 나무를 심는 책방, 심다.

—다른 책방과는 달리 주말에만 책방을 운영하신다고 들었어요. 쉽지 않은 결정인데, 주말 책방을 하게 되면서 느낀 장단점이 있다면 무엇일까요? (2019년부터는 평일에도 책방을 운영하고 있다.)

주은 장점부터 이야기할게요. 아기 때문에 주말 책방으로 전환하게 돼서, 아무래도 아기와 함께 보낼 수 있는 시간이 늘었어요. 서점에 조그마한 방이 하나 있는데 그 방에서 아기를 키우면서 계속 운영을 하려고 했어요. 그런데 생각보다 방이 너무 춥더라고요. 그래서 아기가 감기도 자주 걸리고 아파서, 여기서 아기를 키우면서 책방을 운영하기는 무리겠다는 생각이 들었어요. 단점은 아무래도 매출 부분인 것 같아요. 책방은 열려 있는 장소잖아요. 손님들이 오고 싶을 때 아무 때나 들를 수 있는 게 서점의 좋은 점인데, 주말에만 하다 보니 그런 부분들이 쉽지 않아져서 매출에도 영향을 미치더라고요.

안 그래도 다른 업종보다 돈을 벌기 힘든 게 책방의 구조이자 현실인데, 일주일 중 이틀만 열다 보니 매출이 줄어드는 게 바로 피부로 느껴졌을 것이다. 쉽지 않은 결정이지만 꿋꿋하게 자신들만의 주말 책방을 해나가는 두 사람에게 응원의 박수를 보내고 싶다.

—'블라인드 데이트 위드 어 북Blind Date with a Book' 코너가 흥미로운데요. 이 코너에 블라인드로 소개되는 책들을 선정하는 기준이 있나요?

주은 네. 있어요. 저희가 생각할 때 좋은 책들을 블라인드로 소개하고 있어요. 저 코너에 들어가는 책들은 크게 주목받지 못했지만 좋은 책, 선물 받았을 때 좋은 책들 위주로 하고 있어요. 가끔은 베스트셀러도 들어가긴 하는데, 마케팅으로 만들어진 베스트셀러가 아닌 독자가 직접 선택한 베스트셀러를 선별해 넣고 있어요. 책방을 열기 전에 신랑이 호주에 출장을 간 적이 있었는데, 그때 신랑이 저한테 블라인드 북을 선물해줬어요. 그때 보고, 이거 우리 책방에서도 하면 좋겠다 싶어서 블라인드 북을 시작하게 됐어요. 화이트데이나 특별한 날에는 그에 어울리는 책들을 블라인드로 소개하기도 하고요. 한 번 만들어놓은 키워드를 바꾸는 게 번거롭긴 하지만, 최대한 자주 바꾸고 있어요.

심다에 들어서서 서가를 둘러보았을 때 가장 눈에 띄는 코너가 있다면,

바로 '블라인드 데이트 위드 어 북' 코너일 것이다. 정갈한 모습으로 포장지라는 옷을 입고, 자신이 누구인지 몇 가지 힌트만 준 채 독자들을 기다리는 책의 모습은 가히 인상적이었다. 블라인드 북을 포장하는 일은 손이 많이 간다. 그러나 손님들이 블라인드 북을 고를 때의 설렘이 담긴 표정들을 보면 그런 노곤함을 잊어버리고 행복해진다고 얘기하는 주은 님의 말에서 무언의 따뜻함을 느꼈다. 다른 곳에도 블라인드 북은 많지만, 심다의 블라인드 북이 더 매력적으로 다가올 수 있는 건 바로 그런 부분 때문이 아닐까. 책방지기의 책에 대한 따뜻한 애정이 곱게 포장되어 자신을 데려갈 독자를 기다리니까.

—책방과 함께 독립출판사도 겸하고 있다고 들었는데, 독립출판사도 겸하게 된 이유가 있으신가요?

주은 사실은 책방 만들기 전에 출판사 등록부터 했어요. 우리만의 책을 하나 만들자 싶어서요. 저희가 독립출판물도 좋아하고, 편집과 디자인 일도 해서 관심이 많았거든요. 그런데 함정은 아직 책이 한 권도 안 나왔어요. 그래도 올해는 책이 나올 것 같아요. 지금 원고를 쓰고 있거든요.

승용 우리 책이 먼저 나올지 다른 분 책이 먼저 나올지는 모르겠어요. 저희한테 의뢰를 해주신 분이 있거든요. 그분 책이 먼저 나오게 될지, 저희 책이 먼저 나오게 될지는 잘 모르겠지만 올해는 꼭 책을 내보려고요.

—책방에서 배지도 직접 만드시던데요. 보통은 납품을 받는데, 직접 배지를 만들게 된 이유가 있을까요.

주은 저희만의 것을 만들고 싶은 게 컸던 것 같아요. 저희가 사진도 찍고 하니 직접 찍은 사진으로 사진엽서도 만들고 싶은 생각도 있고, 만드는 것 자체에 대한 욕구가 항상 있었어요. 순천을 찾아주시는 여행객들이 많은데 순천에서 사갈 만한 기념품이 이쁜 게 없다고 하셔서 배지를 만들게 된 것도 있어요.

배지 덕후인 내 눈을 사로잡은 심다의 배지 3종 세트. 너무 아기자기하고 이뻐서 배지를 보자마자 마음을 빼앗겨버렸다. 배지를 만들게 된 이유가 궁금했는데, 이렇게 이야기를 들으니 고개가 끄덕여졌다. 여행객들이 손쉽게 구입하고 가져갈 만한 것 중에 배지만 한 게 있을까. 크기도 작고 가볍고, 가방에 달기도 좋고 패션 아이템으로도 활용이 가능하다. 심다에서 만든 배지는 순천의 느낌이 잘 담겨 있다. 갈대, 함초, 칠면초의 모습이 알록달록 이쁘게 표현된 배지의 모습에서 단순히 책만 구입하러 책방에 오는 게 아닌, 순천 여행의 기억을 간직하기 위해 기차를 타기 전 심다에 들러 배지를 구입하는 발걸음들이 자연스레 상상되었다. 책방 문을 나서는 손님들의 소지품에 달려 있는 배지를 보고 있으면 얼마나 뭉클할까. 심다는 이렇듯 평범한 책방을 넘어서서 순천의 새로운 여행코스로 발돋움하고 있었다.

심다에서 만든 순천만 뱃지 3종 세트. 식물 각각의 특징을 잘 살린 디자인이 인상적이다.

―순천이란 도시에서 심다는 어떠한 역할로 작용하고 있다고 생각하고 계시나요?

주은 '우리 동네에도 이런 독립서점이 있네?'라는 것. 그래서 좋다고 다들 얘기해주세요. 저희도 심다는 편하게 올 수 있고, 나눌 수 있는 공간이라 생각하고 있고요. 저희가 큰 의미를 가지고 책방을 시작한 건 아니라서 손님들도 편하게 드나들 수 있는 것 같아요. 책방에서 진행하는 모임 같은 경우도 저희가 자리를 비워도 알아서 모임이 잘 진행되거든요. 그런 면에서 저희 둘만 만든 공간이 아닌, 모임을 하시는 분들과 들러주시는 손님들이 함께 만드는 공간이라는 생각을 해요. 손님들과 긴밀하게 지내다 보니 손님들이 직접 이러이러한 책을 가져다 놓는 건 어떻겠냐고 추천을 해주시기도 하고요. 큐레이션을 손님들과 같이 하고 있어요. 일반 서점에서는 그런 걸 쉽게 할 수가 없잖아요.

―다른 서점과는 차별화된 심다만의 특색이 있다면 어떤 게 있을까요.

주은 어느 연령대의 손님이 오든 한 권의 책은 가지고 나갈 수 있는 게 저희의 특색이 아닐까요. 저희가 독립서점치고는 스펙트럼이 폭넓은 편이거든요. 그림책 코너도 책방 규모에 비해 나름 큰 편이고, 독립출판물도 다양하게 구비 중이고, 일반 단행본도 갖춰놓고 있고요.

승용 책에 관련되지 않은 것들도 많이 있어요. 우쿨렐레 모임도 하고, 와인 클래스도 하고, 프랑스 자수 모임도 하고 조그마한 소모임들을 많이 꾸려나가고 있어요.

주은 손님들의 제안으로 만들어지는 모임도 많은 편이고요. 손님들이 '이거 하자!' 의견을 내주시면 바로 실행해서 모임이나 자리를 만들기도 해요. 자수 모임도 그렇게 만들어진 거고요.

—책방에서 일하면서 기억에 남는 에피소드가 있나요?

주은 저희가 책방을 연 지 1년째가 되었을 때 핀란드 여행을 갔어요. 그때 책방 손님들이 책방을 대신 봐줬어요. 우리가 핀란

©심다

드를 가는데, 혹시 책방을 봐줄 사람이 있나 싶어서 지원자를
받았어요. 저희가 봐달라고 부탁한 분도 있고요. 그때 세 분이
돌아가면서 책방을 봐줬어요. 한 친구는 저희가 핀란드를 간
다는 소식을 듣고 책방지기를 해보고 싶다고 해주셨고, 다른
분은 책방에 자주 오는 선생님이셨는데 그분도 책방지기를 해
보고 싶다고 자원해주셨고요. 다른 친구는 책방을 하면서 알
게 된 친구인데, 우리가 핀란드를 가는데 책방 좀 봐줄 수 있
냐고 물었더니 흔쾌히 그러겠다고 해서 한 달 동안 저희 대신
책방을 세 분이서 돌아가며 봐줬어요. 근데, 저희가 한 것보다
책방이 훨씬 잘됐어요.

길면 길고, 짧다면 짧을 한 달이라는 시간 동안 두 사람을 대신해 책방을
봐준 세 명의 임시 책방지기들. 그들이 아니었다면 두 사람은 마음 편히
핀란드로 떠날 수 없었을 것이다. 두 사람의 빈자리를 자신만의 색깔로
채워 책방을 지켜준 이름 모를 세 명에게 나 또한 고마운 마음이 들었다.

—이제껏 살아오면서 읽은 책 중 정말 행운이라고 느꼈던 책이 있나요? 두
분이서 한 권씩 얘기해주시면 감사하겠습니다.

주은 저는 책방을 하게 되면서 은유 작가님 책을 많이 보게 됐
는데요. 나의 언어로, 나의 목소리로 이야기를 한다는 게 새롭
게 느껴졌어요. 읽으면서 나도 내 이야기를 하고 싶다는 생각
을 많이 했어요. 『싸울 때마다 투명해진다』가 특히 인상 깊었

어요. 대한민국에서 여성으로 살아간다는 것에 대한 부분도 생각하게 되고요. 그리고 사노 요코의 『태어난 아이』도 기억에 남아요. 이건 그림책인데요. 태어나지 않은 아이가 나중에 태어나며 느끼는 이야기가 담긴 책이에요. 제 과거의 경험이나 그런 부분들이 이 책을 읽으면서 겹쳐지는 느낌이 들었어요. 둘 다 책방을 하면서 만난 책들이네요. 이 두 권이 저에게 있어서 인생 책이라고 할 수 있을 것 같아요.

승용 저는 만화 『원피스』요.

—내 동료가 되어달라고 하는 만화네요?

승용 동료가 되었네요. 아내도 되고요. 원피스는 농담이고요. 『시골빵집에서 자본론을 굽다』를 꼽고 싶어요. 저는 이런 류의 책들이 좋더라고요. 약간 정치적인 것 같으면서도 정치적이지 않고, 친환경적인 것 같으면서도 친환경적이지 않은? 좋은 책은 정말 많지만, 한 권만 꼽으라면 역시 저는 이 책을 꼽고 싶네요. 이 책으로 인해 조금씩 저만의 일을 하게 된 계기가 되었거든요.

> 『시골빵집에서 자본론을 굽다』를 이야기하며, 승용 님은 나중에 직접 빵을 구워 판매하고 싶다고 말하기도 했다. 거기에 덧붙여 나는 빵 이름은 자본론으로 하면 되겠다며 너스레를 떨었다. 언제가 될지는 모르지만 '책방'에서 '책빵'으로 변화해 빵과 함께 하는 베이커리 책방도 두 사람이라

면 분명히 잘해낼 것 같다.

──순천 여행을 온 사람 중에, 책을 읽지 않는 사람이 책방에 만약 들러서 책을 추천해달라고 한다면 추천해주고 싶은 책이 있으세요?

주은 책방 독서모임에서 읽었던 책인데요. 『수상한 북클럽』요. 사고를 친 아이들에게 책 읽기에 대한 벌을 내리는 게 주 내용이에요. 책 안에 다른 책에 대한 내용도 나와 있어서, 이 책을 읽으면 다른 책들도 자연스럽게 연결되어 읽게 되지 않을까 싶어요. 실제로 책 추천을 원하시는 손님들에게 추천도 많이 해드리고요.

──두 분이 생각하는 이상적인 서점의 형태는 무엇이라고 생각하세요?

승용 저는 '과연 이상적인 서점이 존재할까?'라는 생각이 들어요. 대형 체인도 필요하고, 저희처럼 작은 책방도 필요한 거 같고요. 사람들의 니즈에 맞는 다양한 서점들이 필요하지 않을까 싶어요.

주은 이상적인 서점의 형태가 딱히 있는 건 아니고, 이런 각각의 서점들이 계속 자신만의 색깔을 유지할 수 있는 게 제일 중요하지 않을까요. 각자의 색깔과 방식으로 책방 운영을 하면서, 책 판매만으로도 먹고살 수 있는 게 가장 이상적이지 않을까 싶어요.

사실 나는 막연히 작은 책방을 운영하는 사람들은 대형 체인을 달가워하지 않는다고 생각했었다. 그런 나의 편협한 사고를 깨뜨리는 두 사람의 대답에 나도 모르게 부끄러운 마음이 들었다. 대형 체인은 대형만의 방식이 있고, 작은 책방은 작은 책방만의 색깔과 운영 방식이 있다. 그런 부분들이 서로 평화롭게 공존하며 유지될 수 있다면 정말 그것이야말로 파라다이스리라.

—주말마다 책방 문을 열며 하는 생각이 있다면 무엇인가요?

승용 저는 다른 일을 안 하고 책방만 하고 살았으면 좋겠다는 생각을 해요. 닫힌 책방 문을 열고 손님을 맞이하기 위해 청소를 하고, 청소 후에 차도 한잔 마시고 그러는 시간이 참 좋아서 계속 책방만 하고 살고 싶다는 생각을 문을 열 때마다 해요.

주은 전 오늘 어떤 손님이 오실까, 오늘은 어떤 책이 많이 팔릴까? 그런 생각을 많이 해요.

—순천에서 꼭 가봐야 할 숨겨진 명소나 맛집이 있다면 추천 부탁드릴게요.

승용 명소는 십다요. (웃음) 만약 맛집 탐방을 하러 오셨다면, 굳이 고르실 필요는 없을 것 같아요. 웬만한 식당이 다 맛있어요. 어딜 들어가도 맛있어서 실패할 확률이 낮달까요?

주은 저는 와온해변을 추천드리고 싶어요. 해 질 때 가면 멋있어요. 와온해변에 가면 칠면초라는 습지 식물이 있는데, 여름이 되면 그 식물이 자줏빛으로 펴요. 칠면초의 그런 모습이 해질 때의 풍경과 겹쳐지면 정말 이뻐요. 순천의 시간을 느리게 즐길 수 있는 곳을 찾는다면 와온해변 가시는 걸 추천합니다.

와온해변을 추천받고 시간을 슬쩍 확인하니 아직 해가 지기에는 시간이 남았다. 책방에서 와온해변까지 거리가 얼마쯤 되냐고 물어보니 버스를 타고 이동한다면 오래 걸려서 아마 지금 가기는 힘들 거라는 대답이 돌아왔다. 아쉽지만, 칠면초의 모습은 다음에 와서 보기로 하고 우선은 배지로만 간직해야겠다.

—역하고 가깝다 보니 이래저래 여행객들이 많이 올 텐데, 여행자들에게 추천하고 싶은 책이 있나요?

주은 송은정 작가의 『천국은 아니지만 살 만한』이라는 책요. 얼핏 보면 여행기인 것 같으면서도, 일반적인 여행기를 벗어나 삶의 모습에 대한 부분들을 들여다볼 수 있어요. 실제로도 여행 오신 분들에게 많이 추천하는 책이기도 하고요. 최혜진 작가의 『그때는 누구나 서툰 여행』도 추천하고 싶어요. 이 책도 여행책 같으면서도, 삶의 여러 이야기가 들어가 있어서 삶의 속도에 대해 생각해보게 하거든요.

조근조근하게 책에 대해 설명하는 주은 님의 말을 듣고 있으니, 나도 이 책들을 읽어보고 싶다는 생각이 피어올랐다. 이렇게 진심을 다해 책을 추천해주는 책방지기가 언제나 당신을 기다리고 있으니 순천을 여행하게 된다면 꼭 책방 심다에 가보면 좋겠다.

◀언제나 책방에 가면 시간이 느리게 흐르는 느낌이 든다. 그 느낌들을 즐기러 오는 손님들이 있어서 심다 또한 오늘도 돌아가고 있는 것이라 생각한다. 문득 심다에서 뽑은 고민 뽑기공이 떠오른다. 어렸을 적 문방구 앞에서 동전을 넣고 뽑기 기계를 돌리면 조그마한 투명 캡슐이 하나씩 굴러 나오곤 했다. 심다의 뽑기 기계를 돌려 투명 캡슐을 받아 열어보니 포춘쿠키처럼 '새로운 것에 집중하세요'라는 글귀가 적혀 있었다. 내 맘대로 해석해보자면 지금보다 더 열심히 책방지기들의 이야기를 담으라는 뜻이 아닐까 싶다. 인터뷰를 마치고 책방 문을 열고 나가는 발걸음이 그 어느 때보다 활기차게 느껴졌다. 이제 겨울이 가고, 순천에도 따스한 봄이 오는 소리가 귓가에 들려왔다.

현재 심다는 원래 운영하던 위치인 순천역 건너편에서, 멀지 않은 곳으로 이전을 했다. 새로운 공간에서 다채로운 이벤트로 손님들을 맞이하며 시즌2를 진행하고 있는 심다 가족의 모습을 보고 있자니 봄기운이 하나의 색채가 되어 눈앞에 펼쳐지는 기분이 들었다. 아마도, 심다에 방문하는 많은 사람들은 나와 같은 기분을 느끼지 않을까 싶다. 책방지기도, 공간도 봄처럼 따스한 곳, 책방 심다.¶

봄을 맞이하는 곳, 선암사

순천에 온 김에 들르고 싶은 곳이 있었다. 바로 선암사仙巖寺이다. 정호승 시인의 시로 유명한 선암사는 봄이면 아름다운 홍매화가 흐드러지게 핀다. 겨울에 온지라 봄을 알리는 신호 같은 홍매화를 이번에는 보지 못했지만, 그래도 좋았다. 선암사는 가만히 걷는 것만으로도 잡념을 정리할 수 있는 좋은 걷기 코스니까. 선암사 매표소에서 표를 사고, 천천히 걸음을 떼었다.

선암사로 들어가는 길목에 보이는 승선교昇仙橋가 여전히 변함없는 평화로운 모습으로 나를 반긴다. 승선교를 지나 선암사로 진입하니 주말을 맞아 꽤 많은 인파들이 북적인다. 어느 해 봄, 선암사를 거닐며 내가 응원하는 사람들의 건강을 빌었다. 기왓장에 그런 내용을 적기도 했는데, 그 기왓장은 지금 어디에 있을까 하는 궁금증이 일었다. 그런 궁금증을 안고 경내를 걷다 보니 봄을 기다리며 기지개를 켜는 식물들의 모습이 곳곳에 눈에 띄었다.

나무들을 지나 해우소에 도달했다. 선암사 해우소는 역시나 인기가 많았다. 해우소 주변에 가득한 이들은 이곳에 무엇을 내려놓으러 왔을까. 나는 이곳에 눈물을 내려놓았었다. 물끄러미 해우소를 바라보다 산책하듯 한 바퀴를 천천히 걷고 선암사를 빠져나왔다.

전국에 많은 사찰이 있지만, 선암사를 생각하면 이상하게도 설레는 느낌이 든다. 그건 이곳에서 겨울을 배웅하고, 봄을 맞이했기 때문이 아닐까. 순천의 봄, 선암사의 홍매화는 특유의 아름다움으로 봄의 시작을 알린다. 홍매화를 떠올리며 선암사를 벗어나는 발걸음에 조금씩 따뜻한 열기가 서린다. 이제 겨울도 끝났다. 바야흐로 봄이다.

대전

서점 여행자의
호기심을 자극하는
복합문화공간

https://www.facebook.com/citytraveller
http://citytraveller.co.kr/
https://www.instagram.com/city_traveller/

📍 대전광역시 중구 중교로73번길 6

도시여행자

2F
28석
여행도서관
한 평 갤러리
여행소모임
문화예술워크숍

믿음
쏜살
×
동네
서점

COFFEE + BOOK SHOP

대전여행을 안내하는
여행자카페 / 여행서점

평일   12:00 - 22:00
주말·공휴일 13:00 - 21:00

CITY
TRAVELLER

삶은
여행
LIFE IS TRAVEL
TRAVEL IS LIFE

소셜클럽 Social Club
여름쏜 모집공고
(2018. 5~7월)

도시여행자

나는 항상 여행이 고프다. 그래서 '삶의 여행자'라는 모토를 내걸고 삶을 여행하듯 살아가고 있다. 그렇기에 나에게 대전 유일의 여행 서점인 '도시여행자' 방문은 더 뜻깊었다. 삶의 여행자라는 모토를 가진 나와, 삶은 여행이라는 슬로건을 걸고 운영을 해나가는 공간과의 만남은 어떤 느낌으로 다가올까. 하늘도 푸르게 대전 방문을 반기는 날, 잔뜩 두근거리는 마음으로 도시여행자의 문을 두들겼다.▶

—안녕하세요. 먼저 자기소개부터 부탁드립니다.

안녕하세요. 도시여행자에서 콘텐츠 디렉터를 맡고 있는 김준태라고 합니다. 저희 회사는 작지만 대전에서 많은 일을 하고 있고요. 회사에서는 닉네임으로 서로를 부르는데요. 제 닉네임은 라가찌Ragazzi예요. 이탈리아어로 소년이란 뜻입니다. 소년의 감성을 잃지 않으려고 라가찌라는 닉네임을 지었어요.

대전 도시여행자 대표 ● 김준태

—여행의 종류에는 한적한 곳이나 해외로 떠나는 것도 있는데, 도시여행자는 대전이라는 도시 안에서의 여행을 추구하는 것 같아서 흥미롭게 느껴집니다. 그래서 이름도 도시여행자로 정하게 되신 건가요?

저 같은 경우는 여행의 경험을 통해서 하고 싶은 게 뭔지를 뚜렷하게 찾아낸 케이스인데요. 어떤 여행을 하면 좋을까 생각하다가 도시를 벗어나는 여행보단 도시 안에서의 여행이 좋아서, 도시에 머무르는 여행을 중점적으로 하다 보니 도시여행자가 되었어요. 그리고 도시에서 살아가며, 도시에서 일어나는 일들에 대해 더 잘 살펴보자는 의미로 도시여행자라는 이름을 지었어요. 그런데 이름 때문에 오해가 많으세요. 도시여행자라는 이름으로 인해서 시골은 여행 안 하고 도시만 여행하는 것 아니냐고. 전혀 그렇지 않고요. 도시에서 살아보는 것에 초점을 맞추는 것 때문에 도시여행자예요.

—서울 쪽에는 여행 서점이 여럿 있는데, 지방에는 드물어요. 대전이라는 도시에서 여행 서점을 만들게 된 이유가 있나요?

저희 구성원 다수가 여행을 좋아해요. 그리고 공동 창업자인 아트디렉터 박은영 씨와 저는 부부 사이인데, 백두산 여행을 하며 만나게 됐어요. 저 같은 경우는 지역사회에 대한 고민들을 여행을 통해서 많이 들여다보게 되었는데요. 특히 공교육에 대한 문제점들을 많이 생각해보게 되었어요. 기존의 공교육에서는 줄 수 없는 부분들, 사색하거나 혼자만의 방향을 찾는 것들을 자연스럽게 제공해줄 수 있는 게 무엇인가 고민하다 보니 혼자 여행을 떠나는 게 가장 좋은 대안이겠구나 싶었어요. 그래서 여행이라는 키워드를 놓치지 않고 가고 싶다고 생각했어요. 여행을 하다 보면, 현재 우리가 살고 있는 도시의 삶의 만족도를 훨씬 높일 수 있다는 생각도 들고요. 그래서 누군가에게 여행에 대한 영감을 주고, 여행에 대한 다양한 패러다임을 제시해줄 수 있는 측면에서의 공간이 필요하다는 걸 깨달았죠. 관광지에서 관광명소만 둘러보는 여행이 아닌 현지에 살아가는 사람들에 대한 고민, 여행을 다녀오면서 자신에 대한 고민, 살고 있는 도시에 대한 고민들도 함께 이루어져야 한다고 생각했고요. 그걸 가장 잘 표현할 수 있는 게 무엇일까 했더니 바로 여행 서점이었어요. 사실, 저희는 서점보다는 오히려 카페나 여행도서관이 문화예술콘텐츠가 더 강해요. 남들이 투자하지 않는 것들을 공간을 통해 많이 실현하려고 하는 편이에요.

단순한 힐링 차원의 여행을 넘어서 더 많은 부분을 고민하고 사람들과 나누려는 의지가 목소리에서 느껴졌다. 그래서일까. 여행에 대한 정보들을 제공하며, 하나의 고유한 콘텐츠로 만들어가는 도시여행자는 그와 닮아 있단 생각이 들었다.

—아내분과 백두산 여행을 하며 처음 만나게 되셨다고요. 두 분의 러브스토리도 도시여행자를 오픈하는 데 큰 영향을 끼쳤을 것 같아요.

장단점이 있는데요. 같이 꿈을 꾸며 오랜 시간 함께 일할 수 있다는 게 큰 장점이고요. 반대의 부분은 서로 살아온 환경이 다르다 보니 일할 때 다소 맞지 않는 측면들이 있었어요. 연애할 때와는 사뭇 다른 환경이어서, 부부가 함께 일을 시작한다면 그런 부분들을 고려해서 해야 한다는 생각이 들었어요. 그리고 아내는 저처럼 대전 사람은 아니에요. 서울에서 나고 자라 그쪽에서 활동하던 사람이었는데, 대전의 콘텐츠 기획자가 많아야 한다는 생각이 들어서 대전에서의 활동을 권유했어요. 지금은 대전을 중심으로 활동하고 있지만, 대전뿐만 아니라 서울에서의 활동들도 중요하다고 느껴서 앞으로의 활동은 대전 외의 지역에서 활동하는 가능성도 열어놓고 있어요.

—제가 찾아보니 2014년부터 여행 서점으로 운영을 시작하셨더라고요. 그 전에는 여행 카페의 형태였고요. 도시여행자는 국내 최초 여행 서점인데요. 그 부분에 대해서 어떻게 생각하시는지 궁금합니다.

아, 아니에요. 누가 최초여도 상관없어요. 나중에 여행 서점을 더 제대로 꾸리게 되고 난 후에 그런 이야기를 들으면 좋을 거 같네요. 사실 최초라는 타이틀보단, 누가 얼마나 이 공간을 잘 향유하느냐에 욕심이 더 많이 나요.

> 최초라는 단어가 나오자 쑥스러운 듯 손사래를 치며 대답하는 그. 최초보단 얼마나 이 공간을 잘 향유하느냐가 욕심이 난다는 말을 하는 모습이 정말 멋져 보였다. 다른 사람이라면 최초라는 것에 대한 자부심이 엄청날 텐데, 그런 것 없이 겸손하다.

—도시여행자의 입구에 보면 '삶은 여행'이라는 슬로건이 문 앞에 붙어 있던데, 그게 참 인상 깊었어요. 슬로건은 어떻게 정하게 되셨는지 궁금합니다.

여행을 하다 보니, 여행과 삶의 경계를 따로 나누지 않고 하게 되더라고요. 런던에서 한 달 살기를 한 적이 있는데, 그때 대전에서 고민하던 것들을 런던에서도 똑같이 고민하고 있고 해서 삶과 여행의 경계선이 없다는 걸 느꼈어요. 그래서 '삶은 여행이다'라고 타이틀을 정했어요. 근데, 그런 모토로 사시는 분들이 꽤 많더라고요. 가수 이상은 씨 같은 경우도 그렇고요. 감사하게도 이 공간에서 이상은 씨와 함께 프로젝트를 하기도 했어요. 여행 페스티벌인 '시티 페스타CITY FESTA'를 할 때 뮤지션으로 참여해주셨거든요. 같이 삶은 여행이라는 부분에 대해 여러 이야기를 나누기도 하고요.

—그래서 삶의 여행자들을 많이 끌어당기고 있는 거군요? 제 모토도 삶의 여행자거든요.

아무래도 가치관이 비슷한 사람들이 많이 모여요. 그게 바로 도시여행자의 강점인 것 같아요.

예전에는 삶과 여행을 구분 지어 생각했었다. 그러나 어느 순간부터 삶과 여행은 서로 떼려야 뗄 수 없는 유기적인 면이 있다는 걸 깨달았다. 그의 말처럼 여행을 간다고 해서 우리가 안고 있는 모든 고민이 눈 녹듯 사라지고 해소되는 건 아니다. 여전히 고민은 시간과 장소를 따라 흐르고, 그렇기에 삶과 여행의 경계가 자연스레 허물어져버리는 게 아닐까.

—일반 서점과 달리 여행 서점이라는 콘셉트가 정해져 있어서 여러 장단점도 있을 것 같습니다. 여행 서점을 운영하며 느낀 장단점은 무엇인가요?

여행이라는 키워드를 가지고 운영을 하다 보니 여행을 좋아하시는 분들이 오시면 훨씬 더 깊이 있게 대화를 나눌 수 있는 게 장점인 것 같아요. 그리고 삶은 여행이라는 모토를 내걸고 있기 때문에 여행책 외의 다른 책들의 비중도 높은 편이에요. 권해 드릴 만한 여행책이 많이 쏟아지지 않는 것도 그 이유 중의 하나고요. 여행책이 덜 나온다고 해서, 가이드북이 주가 되는 서점을 운영하고 싶지는 않았거든요. 그래서 다양한 분야의 책을 입고하는 과정에서, 그런 분야의 담당자들을 섭외하기도 하면서 점점 더 카테고리를 넓혀가고 있어요.

여행 서점이기에 곧이곧대로 받아들이는 시선도 적지 않았을 것 같다. 내가 아는 지인만 해도, 이곳에 인터뷰를 간다고 하자 여행 서점이니 여행책만 있냐고 물어봤을 정도니까. 그러나 여행은 단순히 어딘가로 떠나는 것에만 있지 않다. 우리의 일상도 여행의 한 부분이기에 그런 부분에 초점을 두고 여러 분야의 책들을 큐레이션 하는 모습이 매력적으로 다가왔다. 슬로건처럼 삶은 여행이라는 단어가 서가에도 적용되는 것 같아서.

—여행 서점이라는 이름에 걸맞게 여러 여행 프로젝트들도 진행하셨더라고요. 전국의 5도 5일장으로 떠나는 '장터 유람기', 축구여행을 떠나는 '축구 여행자', 한 도시에서 한 달 살기 '도시여행자', 여행을 통해 꿈을 찾는 '청춘 여행자' 같은 프로젝트요. 단순히 여행을 떠나는 것뿐만 아니라 '장터 유람기' 같은 경우는 영상까지 찍어서 영화제에 출품하신 게 인상적이

에요. 처음부터 영상을 찍으려고 기획하신 건가요?

네. 박은영 아트디렉터가 처음부터 영상을 찍으려고 준비를 했어요. '장터 유람기'의 시즌1 같은 경우는 둘이서 떠난 여행이었어요. 영상을 통해 더 많은 분들에게 시장에 대한 이야기를 전달하고 싶었어요. 한 명이 장터에서 미숫가루를 타고 있으면, 다른 한 명은 영상을 찍고 상인과 인터뷰를 하는 형태로 진행했는데요. 굉장히 손이 많이 갔지만, 결과물이 잘 나와서 좋았어요. 전통시장을 살리겠다고 너도나도 이야기를 많이 하지만, 저는 그런 부분의 방향성을 더 깊이 있게 고민해야 할 필요가 있다고 생각했어요. 저희 나름대로 여행을 통해서 어떻게 하면 청년들이 시장에 더 가깝게 다가갈 수 있을까 하는 고민을 안고 영상 촬영을 했는데, 영화제에도 출품할 수 있게 되고 해서 좋은 결과를 낳았던 것 같아요. 현재 '장터 유람기'는 시즌4까지 진행이 된 상태인데요. 시즌3는 저희가 사비로 25명의 친구들에게 전국 장터 여행을 보내주는 과정을 거치면서, 새로운 꿈도 생겼어요. 그 꿈이 바로 여행도서관과 여행은행이에요.

—아, 여행도서관이 그렇게 탄생하게 되었군요?

네. 그때 새로운 꿈을 꾸며 만들게 되었죠. 여행에 대한 경험들을 제공받는 게 필요하지만, 쉽게 접근하지 못하는 분들도 많다는 걸 알게 됐고 좀 더 가깝게 다가갈 수 있도록 하는 것들이 필요하다고 느껴졌거든요.

도시여행자의 2층에는 여행자들을 위한 서가가 있다. 여행도서관. 여행도서관에는 여행을 좀 더 가깝게 느낄 수 있도록 여러 가지 여행에 대한 책들이 방문자들을 반기고 있다. 여행도서관도 매력적이지만, 이곳에서 진행하는 여행 프로젝트들도 너무나 사랑스럽다. 각각의 색깔이 명확하게 녹아 있는 여행 프로젝트는 도시여행자를 더 풍성하게 만드는 하나의 포인트다. 사비를 털어 진행한 장터 유람기 시즌3를 넘어서, 그는 더 폭넓은 사람에게 여행의 경험을 제공해주기 위해 장터 유람기 시즌5를 계획 중이다. 그처럼 열정이 넘쳐나는 사람이 지역을 더 풍요롭게 만들어가고 있기에 대전에 사는 사람들이 부럽다.

ᘓ

—도시여행자에서는 2015년부터 매년 '시티 페스타'라는 여행 페스티벌을 개최하고 있잖아요. 서점 안에서 진행하는 행사도 많은데 서점 바깥으로 나가 페스티벌을 개최하게 된 이유가 있나요?

시티 페스타 1회는 서점 안에서 진행했어요. 작가와의 만남에서 조금 더 확장된 형태로 시작되었는데요. '삶은 여행'이라는 주제를 가지고 12주 차의 과정을 통해서 이것이 우리만의 여행 페스티벌이라는 것을 표현해보았고요. 2회는 지역 문화재단의 공모사업의 도움을 받아서, 1회 때의 시티 페스타를 조금 더 키운 형태로 6회 차의 공연과 포럼, 전시를 진행했어요. 그때의 주제는 '아름다운 공존'이었고요. 옛 충남도청 건물을 활용해 시티 페스타를 진행했어요. 따로 먹거리 부스나 굿즈 부스를 두지 않고 페스티벌을 진행했는데요. 먹거리 같은 경우는 기존의 상권들을 그대로 활용해 서로 윈윈win-win 할 수 있는 걸 중점으로 뒀고요. 그런 형태가 더 건강하고 오래 지속될 수 있는 모델이라고 생각했어요. 2회는 전시 섹션을 동네 서점으로 잡아서 동네 서점에 관련된 것들을 전시하기도 하고, 동네 서점의 지속 가능성에 대한 대화를 나누기도 했어요. 그렇게 하면서 3회까지 오게 되었어요. 올해는 잠시 페스티벌을 쉬어 갈 생각이에요. 아무래도 기존의 행사와는 다르게 많은 자본이 들어가는 일이다 보니, 예산을 끌어오는 게 만만찮더라고요. 작년에도 자가 부담을 했던 부분들이 있는데, 올해는 공모사업의 예산이 더 많이 줄고 부담이 훨씬 커져서 다른 방법이 없을까 계속 찾아보고 있어요.

그는 시티 페스타를 진행하며, 가장 좋았던 점으로 페스티벌을 마친 후 쓰레기가 100리터도 나오지 않았던 것이라고 내게 말해주었다. 신기했다. 많은 사람들이 오가다 보면 쓰레기의 양도 만만치 않게 나올 텐데, 종량제 봉투 하나로 가능하다니. 시티 페스타는 그런 점에서 정말 깨끗한 페스티벌이 아닐까. 그래서 현재는 멈추어 있는 상태지만, 다시 시티 페스타가 날개를 펼칠 그날이 더욱 기대됐다.

—"판매자와 소비자의 경계를 허무는 게 도시여행자의 목표"라고 말씀하신 걸 어느 인터뷰에서 읽었는데요. 많은 행사들을 진행하는 것도 그 일환인가요?

네. 그렇죠. 행사뿐만 아니라, 독자분들과 함께 큐레이션을 하며 이미 경계들이 많이 허물어지고 있는 상태기도 해요. 저희가 얼마 후에 다른 공간으로 이전을 하게 되는데, 이전에 대한 부분에 있어서도 여러 아이디어를 내고 고민하고 있어요. 하나를 말씀드리자면 월세를 함께 내는 거예요.

—월세를요? 이건 정말 판매자와 소비자의 경계를 허무는 거네요.

네. 이왕 허물 거 다 허물어야죠. 계속 임대를 하며 공간을 이어나가기엔 워낙 힘들기 때문에 함께 돈을 모아서 건물을 매입하고 공동으로 권리를 가지고, 운영해나가는 거예요. 지금 도시여행자가 위치해 있는 대흥동 같은 경우도 젠트리피케이션이 워낙 심한 지역이기 때문에 장기적인 관점으로 봤을 때는 건물 매입 외에는 답이 없는 상황이에요. 함께 공동으로 공간에 투자하고 운영을 하게 된다면, 함부로 공간을 건드리기 힘들어지기 때문에 좋지 않을까 싶어요. 지역의 청년과 시민들에게 돌려줄 수 있는 형태의 공간으로 이어나가려면 많은 사람의 도움이 필요하거든요. 그래서 1년 단위로 끊어서 소액 투자를 조금씩 많은 사람에게 받아서 이자를 책으로 돌려주는 형태는 어떨까 생각하고 있어요. 월세 같은 경우는 더 참신하다고 생각하는데요. 서점이 감당하기에는 월세가 너무 벅차요. 월세를 내고 나면 임금을 지불하기에도 힘들거든요. 저희 구성원이 총 5명인데, 저를 제외한 넷은 최저임금을 가져가지만 저는 못 가져가고 있는 상황이에요. 그래서 이 공간을 활용할 수 있는 1,000명 정도의 사람을 모아서 월 2만 원의 월세를 함께 내는 건 어떨까 생각하고 있어요. 2만 원의 월세를 내시는 분들에게는 공간 안에서 사용할 수 있는 2만 마일리지로 환급을 해드리려고요. 만약 타 지역 분들이 함께 참여하신다면, 당장 마일리지를 사용하기는 힘드니 책 배송 서비스를 도입해 타 지역 분들과의 경계를 허물고 싶어요. 이런 부분이 아니더라도 저는 판매자와 소비자의 관계를 계속 허물기 위해서 아이디어를 지속적으로 내고 있어요. 저희 모임 중에 돗자리 독서회라는 게 있어요. 대전에 있는 공원에 가서 돗자리를 깔고 책을 읽는 프로그램이에요. 자발적으로 서점에 모인 독서 모임 멤버들이 돗자리를 깔고 책을 읽으시더라고요. 이런 기획들을 손님들이 직접 하시고, 저희는 모임에 필요한 제반 사항만 돕는 역할을 하고 있어요.

건물 매입, 월세 아이디어는 정말 참신 그 자체다. 그와 이야기를 나누며 마음속으로 계속 감탄사를 내뱉었다. 이제까지 살면서 만났던 사람 중에서 가장 아이디어가 넘친다. 공간을 지키고, 그 공간을 지역주민들에게 다시 돌려주고 싶은 그의 의지가 아이디어 하나하나에 느껴져서 마음 한 구석이 뜨거워졌다. 그래서 궁금해졌다. 그는 대전의 젠트리피케이션을 어떻게 생각하고 있을까.

—현재 도시여행자가 위치한 대흥동이 대전에서 젠트리피케이션이 급격하게 일어나고 있는 곳이라고 하셨는데, 그런 부분에 대해서는 어떻게 생각하시는지 궁금합니다.

젠트리피케이션이 일어나며 공간이 사라진다는 것에 대해 생각보다 사람들이 무감각하게 느끼는 것 같아서 안타까워요. 저는 이 공간과 이별할 생각을 하니 너무 마음이 아프고 힘들거든요. 대학 시절부터 오랜 시간 함께했던 공간이라 더 그렇고요. 그래서인지 이제는 상가에 임대라는 글자가 붙어 있으면 무섭고, 슬프고, 불편해요. 누군가는 그곳에 모든 걸 걸었을 텐데, 자의적이 아닌 타의적인 선택으로 그곳을 떠나야 된다면 얼마나 괴로울까 싶어요. 저희 도시여행자도 타의적으로 다른 곳으로 떠나게 되는 거라서 공감이 크고요. 얼마나 젠트리피케이션이 대흥동에서 심하게 일어나고 있는지는 수치로도 나와요. 처음 도시여행자를 열 때에 비해서 현재 이 동네의 평당 땅값이 11배나 올랐어요. 이건 정말 엄청난 거죠.

전국 어딜 가나 좀 뜬다 싶은 동네들은 기존의 세입자가 터전을 옮겨야 되는 젠트리피케이션이 진행되고 있다. 도시여행자가 자리한 대흥동도 마찬가지. 무려 11배나 올랐다니, 이곳에서 서점을 꾸려가는 게 얼마나 힘든지가 눈에 보여서 안타깝고 또 안타까웠다.

—영수증을 활용해 기록들을 남기시는 부분이 신선하게 느껴졌어요. 잉크도 파란색이라 더 눈에 띄고요. 영수증에 서점 일기와 오늘의 텍스트를 남기게 된 아이디어의 출발점은 어디서 얻으셨나요?

서점 일기 같은 경우는 노트에 꾸준히 쓰고 있었어요. 그런데 공간을 찾는 사람이 그 노트를 읽기에는 좀 불편한 점들이 있어서, 어떻게 전달하면 좋을까 고민하다가 영수증에 텍스트를 박는 게 좋겠단 생각이 들었어요. 지금은 저 혼자만이 아닌 구성원들이 서로 돌아가며 서점 일기를 쓰고 있어요. 오늘의 텍스트도 구성원들이 읽고 있는 책이 있다면, 그 책에서 좋았던 문장들을 뽑아서 함께 남기게 됐고요. 영수증들은 꾸준히 모으고 있기 때문에 나중에 독립출판물로 만들어보면 어떨까 생각 중이에요. 영수증의 형태로 출판을 해볼까 싶기도 했는데, 나중에 잉크가 날아간다는 게 문제더라고요. 대신 콘셉트를 영수증처럼 잡아도 좋을 것 같아요. 디자인을 영수증처럼 한다든가요. 어쨌든 영수증을 활용하게 되면서, 많은 분들이 좋아해주셔서 좋았어요. 그냥 쉽게 버려지는 영수증이 아닌, 영수증에서 텍스트들을 접하고 읽게 된다는 점에서요. 이젠 영수증이 저희의 하나의 정체성이 되었어요.

도시여행자는 기존의 명세서와도 같은 딱딱한 느낌의 영수증에서 탈피해, 영수증에 새롭게 생기를 불어넣었다. 여행지에서 만날 것 같은 파란 하늘을 닮은 잉크를 활용해 서점 일기와 오늘의 텍스트, 모임에 관련된 공지까지 한 줄의 영수증에 다 담겨 있다. 이토록 읽을거리가 많은 영수증이라니. 버려지는 것이 하나도 없는 이 공간, 점점 더 내 마음을 강하게 사로잡는다.

—도시여행자는 카페도 겸하고 있잖아요. 메뉴판을 살펴보니 독특한 이름의 음료가 많더라고요. '리버풀 노란 잠수함', '우유니 딸기사막', '아이슬란드', '와이키키 수박 다이빙' 등의 음료 이름만 봐도 여행이 자동으로 연상되는 느낌이 들어요. 음료 이름 작명은 어떻게 하셨는지 궁금해요.

저희가 직접 지은 것도 있고요. 공모전을 해서 뽑은 것도 있어요. 메뉴를 정해놓고, 이름 공모전을 해서 손님들이 투표를 하시면 투표에서 1등 한 이름들을 메뉴명으로 정해요. '우유니 딸기사막', '와이키키 수박 다이빙' 이 두 개의 메뉴 이름은 공모전을 통해서 정해졌어요. 400여 명이 투표에 참여해주셨어요. 공모전을 통해서 뽑힌 이름을 지어주신 분께는 책을 선물한다든가 해서 저희 나름대로 보답을 해드리고 있어요.

도시여행자에서 운영 중인 카페는 여행을 닮은 특이한 이름의 메뉴가 많

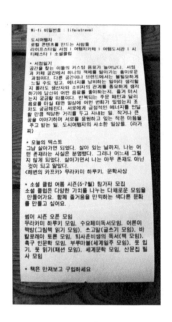

다. 평범한 이름을 가지고 갈 수도 있는데도, 편한 길을 택하지 않고 직접 공모전까지 열어 신메뉴 이름을 정한다니. 손이 많이 가서 번거로울 텐데도, 세심하게 음료의 이름까지 여행의 콘셉트를 놓치지 않고 가고 있는 게 보여서 감동적이었다.

—사용하지 않는 해외의 지폐나 동전을 가져오거나 읽지 않는 책을 가져오면 음료와 맞바꿔주는 아이디어는 도시여행자만의 하나의 시그니처처럼 느껴지기도 하는데요. 이 아이디어는 어디서 시작되었나요?

여행을 마치고 나면 쓰다 남은 지폐나 동전들이 생기게 되는데요. 그런 지폐나 동전들을 한곳에 모을 수 있으면 좋겠다는 생각을 했어요. 사실, 이게 보기보다 상당히 번거로운 작업이에요. 많이 쌓이다 보면 관리하는 것도 손이 많이 가고요. 책 같은 경우는 안 보는 책을 그냥 개인이 가지고 있기보다, 이렇게 밖으로 나오게 해서 조금 더 순환될 수 있게 하려는 측면도 있어요.

—도시여행자라는 이름처럼 도시에 관한 여러 활동들을 많이 하시잖아요. 도심 재생사업에도 앞장서시고요. 대표님에게 있어서 대전이란 도시는 어떤 의미로 작용하는지도 궁금합니다.

제가 나고 자란 도시이고, 오랜 시간을 보냈기 때문에 자연스럽게 대전에 대한 애향심이 있어요. 그래서 저는 생활하는 대전을 이렇게도 표현할 수 있다는 걸 보여주고 싶어요. 저희가 대전 시티즌(프로축구 구단)과 지샥G-SHOCK이라는 시계회사와 협업해 만든 시계가 있는데요. 대전에 있는 명소들을 스카이라인으로 따서 시곗줄에 담았어요. 조금 더 자연스럽게 사람들이 대전을 사랑할 수 있게 콘텐츠를 계속 만들고 있어요.

—다른 서점과는 차별화된 도시여행자만의 특색이 있다면 무엇이라 생각하세요?

미래형으로 말씀을 드리자면, 저희가 새로운 공간으로 이전할 때 생각 중인 두 가지의 콘셉트가 있는데요. 일단 한 가지는 한 달에 한 번씩 전시를 하는 거예요. 한 달에 한 번씩 우리가 가지고 있는 특정 주제를 가지고 전시를 하고, 그 전시와 관련된 책이나 굿즈를 함께 판매하는 라이프 스타일의 서점으로 나아가려고 해요. 오프라인에만 국한된 것이 아닌 온라인 플랫폼으로도 이 형태는 가져갈 생각이에요. 홈페이지를 만들어 그달의 전시를 하나의 카테고리로 만들어두는 거죠. 그것들이 쌓이고 쌓이면 색깔이 되지 않을까 싶어요. 두 번째로는 가지고 있는 책들의 소개 비율을 30~50퍼센트로 늘리는 거예요. 소개하는 글을 써 책에 띠지 형식으로 붙이는 거죠. 책의 앞부분에는 200자 정도를 쓰고, 뒷면에는 500자 정도의 글로 써서 소개를 해볼까 해요. 소개 같은 경우는 조금 더 큐레이션을 강화하기 위한 하나의 시도예요. 지금보다 더 많은 책을 소개하기 위한 거랄까요.

이제까지 이 질문을 했을 때 미래형의 대답을 들은 경우는 드물었다. 그러나 미래형이지만 확실한 목표를 가지고 있어서, 결코 미래만은 아닌 것 같다. 이사를 준비하며 이 콘셉트는 현재 진행형으로 나아가고 있다.

―도시여행자를 운영하면서 기억에 남는 에피소드는 어떤 게 있을까요?
지역에서 문화예술 활동을 하는 사람들을 자연스럽게 만날 수 있다는 게 가장 기억에 남는 것 같아요. 저에게 있어서는 콜드

플레이와도 같은 의미를 가지는 뮤지션들이 이 공간에서 커피를 마시며 음악 작업을 하는 걸 보면, 정말 설레요. 또 하나는 구성원들에 대한 건데요. 단골손님들을 구성원으로 뽑는 경우가 많아요. 지금 같이 일하는 두 분도 그렇고요. 이 사람과 오랜 시간 함께 꿈꿀 수 있겠다는 생각이 들 때 같이 일하는 걸 제안해요. 이제까지 흔쾌히 그러겠다고 해주셨어요. 그런 분들과 함께할 수 있다는 건 도시여행자가 가진 큰 힘이라고 생각해요.

기존의 서점들은 가족이나 친구, 연인이 운영하는 경우가 대부분이었다. 일손이 모자라 따로 직원을 채용하는 경우가 있긴 하지만, 단골손님을 구성원으로 채용하는 경우는 처음 보았다. 편안하게 말은 했지만, 말처럼 쉽지만은 않은 결정일 텐데 대단하다. 그만큼 그 사람과 함께 꿈꿀 수 있는 믿음이 명확하기에 가능한 일이겠지. 그런 그가 생각하는 이상적인 서점은 무엇일까.

—대표님이 생각하는 이상적인 서점이란 무엇인가요?

지역주민들이 지적 대화를 나눌 수 있는 하나의 플랫폼으로 서점이 작용했으면 좋겠어요. 그렇게 공간이 활용되다 보면, 자연스럽게 매출도 늘지 않을까요. 도시여행자 같은 경우도 지역 청년들이 주체가 되어 활용할 수 있는 공간이 되면 좋겠다고 생각해요. 서점이지만 문화예술기획도 함께 하니까, 이 공간을 통해 본인들이 꿈꾸는 것들을 같이 펼쳐나갈 수 있으면 좋겠어요.

—대표님이 이제껏 살아오면서 읽은 책 중 행운이라고 느꼈던 책이 있나요?

여러 권이 있는데요. 첫 번째는 일본의 여행작가 다카하시 아유무의 『Love&Free 러브 앤 프리』예요. 제가 여행을 좋아하게 된 계기가 된 책이에요. 실제로 만나지는 못했지만, 다카하시 아유무를 만나보고 싶어서 도쿄를 자주 가기도 했었어요. 두 번째 책은 김예슬의 『김예슬 선언』이요. (나에게는 "오늘 나는 대학을 그만둔다, 아니 거부한다!"라는 대자보 제목으로 더 익숙한 책이다.) 그 책을 읽으며 김예슬 작가의 용기가 너무 멋지게 느껴졌어요. 대학에 대해 다시 한 번 생각하게 하는 부분들이 있어서, 대학생들을 만나면 추천하곤 하는 책이기도 해요. 세 번째는 이석원의 『보통의 존재』예요. 『Love&Free 러브 앤 프리』 같은 경우는 스무 살에 만났지만, 나머지 책들을 스무 살에 만났다면 큰 영향을 받았겠다는 생각이 들어요.

실제로 다카하시 아유무를 만나기 위해 도쿄를 방문했을 스무 살의 그의 모습이 머릿속에 펼쳐졌다. 한 권의 책으로 여행을 좋아하게 되고, 결국 여행 서점까지 오픈하게 된 그. 그의 발걸음은 책이란 씨앗이 맺은 하나의 열매였다.

—책을 평소 잘 읽지 않는 사람이, 도시여행자에 들러서 여행을 가면서 책을 한 권 가지고 가고 싶다고 얘기한다면 추천해주고 싶은 책이 있으신 가요?

시집을 추천해드리고 싶어요. 다른 책들은 이어서 읽어야 감칠 맛이 나지만, 시집은 짤막짤막하게 끊어서 읽어도 좋은 문장들 이 담겨 있어요. 시집은 아니지만 한 권을 추천하자면 최유수 작가님의 『사랑의 몽타주』라는 책을 추천하고 싶어요. 그리고 여행의 형태에 따라 다른 책을 추천해드리고 싶어요. 여행이 가족여행이냐, 혼자 가는 여행이냐, 친구나 연인과 같이 가는 여행이냐에 따라 다 다른 느낌이라서요.

—매일 도시여행자의 문을 열며 하는 생각이 있으세요?

공간을 이해하는 분들을 많이 만났으면 좋겠다는 생각을 가장 많이 해요.

> 아무리 열심히 공간에 대한 준비를 해놓아도, 공간을 이해하지 않는 사람 들의 방문이 많다면 기운이 빠질 수밖에 없다. 그러므로 공간을 이해하는 사람들을 만난다는 건, 그 공간을 이끌어 가는 가장 큰 원동력이 된다.

—대전에서 꼭 가보아야 할 숨겨진 명소가 있다면 어디일까요?

옛 충남도청이요. 본관이 너무 아름다워요. 본관 1층은 대전 근현대사 전시관이 있고, 2층은 도지사실이 있어요. 1층이 정말 정말 아름다워요. 영화 〈변호인〉을 촬영한 곳이기도 해요.
〈박열〉도 그곳에서 촬영되었고요. 옛 충남도청은 대흥동만의
고즈넉함을 느낄 수 있는 곳이라 생각해요.

그가 너무 좋아하고 사랑하는 공간, 옛 충남도청. 일제강점기 건축물의
정취를 느낄 수 있는 곳이기에 그 시대와 건축물에 대한 관심이 많은 사
람이 가면 좋은 장소다. 이제 마지막 질문만 남았다. 대전을 여행하는 여
행자들에게 그는 어떤 책을 추천해주고 싶을까.

—대전을 여행하는 사람들에게 추천해주고 싶은 대전 여행에 관한 책이 있
나요?

『대전여지도』를 추천하고 싶어요. 대전에 대해 자세히 설명되
어 있고, 대전의 마을들에 대한 이야기가 담겨 있어요.

김정호의 대동여지도에서 이름을 따와 대전만의 느낌으로 표현한 『대전
여지도』. 이 책을 읽으면 대전이란 도시를 더 깊이 있게 천천히 음미하는
시간이 될 것이다.

◀그와 이야기를 나누며, 대전에 오길 참 잘했다는 생각을 했다. 많은 고
민을 안고 있지만, 그 고민에 좌초되지 않고 끊임없이 아이디어를 내어
공간을 지켜가려는 모습에서 말로는 설명하기 힘든 것들을 배웠다. '삶은
여행'이라는 슬로건처럼, 삶이라는 여행을 하며 자신이 사는 지역에 대한
애정을 더 크게 키워가는 그 같은 서점원을 만날 수 있어서 참 운이 좋다.

대전을 떠나 다시 진주로 돌아가는 길, 그에게서 받은 열정의 에너지들을 안고서 오늘 하루도 여행하듯 삶을 살아본다.

대전의 과거와 현재, 대동 벽화마을

완연한 여름, 걷기 위해 대동 벽화마을을 찾았다. 걷는 걸 좋아하는 나를 위
해 대전에 사는 친구가 결정한 산책 코스였다. 6월 중순으로 접어들어서인
지 날씨는 푹푹 쪘다. 그러나 아무리 더운 날씨라도 내 걸음을 멈추게 할 순
없었다. 벽화마을로 접어드는 초입에서 마치 1960~1970년대를 연상케 하
는 벽화들을 보았다. 아니, 어쩌면 그것보다 더 옛 느낌일 수도 있지만. 전쟁
과 공산당에 관한 벽화들이 즐비한 골목 사이를 걸으며 길을 잘못 든 건가
싶어 살짝 갸우뚱했는데 조금 더 걸어 올라가니 다른 형태의 벽화들이 나왔
다. 다행히 제대로 찾아왔나 보다.

　오늘의 산책을 나와 함께한 친구는 이미 더운 날씨 때문에 기진맥진
한 상태였다. 나도 반쯤은 더위에 지쳐 있는 상태였지만, 그래도 꿋꿋이 위
로 또 위로 올라갔다. 얼마나 올랐을까. 벽화는 보이지 않았고, 벽화 대신 한
없이 밑으로 길게 펼쳐진 길만 보였다. 아래로 펼쳐진 꼬불꼬불한 골목길
을 응시하다 아까 보았던 전쟁 관련 벽화가 떠올라서 검색을 해보니 예전
6·25 전쟁 때 피난민들이 많이 모여 산 동네라는 정보를 얻을 수 있었다.
그래서 그런 벽화들이 많았나 보다. 대동 벽화마을은 현재와 과거가 공존하
는 벽화가 마을의 벽들을 이루고 있어 매력적인 곳이었다. 하늘공원으로 올
라가면 대전의 정경들을 감상할 수도 있고. 얼굴에 흐르는 땀을 닦으며 벽
화가 그려지기 전의 대동 벽화마을의 모습을 상상해보았다. 몇십 년 전 이
곳에 터를 잡고 살기 시작한 이들은 어떤 마음이었을까. 그들의 현실의 삶

을 쉽게 가늠하기 힘들지만 하나만큼은 알 수 있었다. 그들이 뿌리내린 덕에 이곳에서 사람 냄새가 나기 시작했을 거라는 걸.

대동 벽화마을을 내려가는 길, 머리를 간질이는 바람에 몸을 맡기고 한 가지 다짐을 했다. 인생에도 오르막과 내리막이 있으니, 내리막의 순간에서 아무리 힘겹더라도 주저앉아 있지만은 말자고. 삶은 롤러코스터와도 같으니까. 오르막이 있으면 내리막이 있듯이, 내리막이 있으면 오르막도 나타나기 마련이니 오를 힘을 비축하며 하루하루 살아가야겠다.

속초

며칠이고 머물다 갈 수 있는 북스테이 서점

https://blog.naver.com/perfectdays_sokcho
https://www.facebook.com/perfectdays.sokcho/
https://www.instagram.com/perfectdays_sokcho/

강원도 속초시 수복로259번길 7

완벽한 날들

BOOK
COFFEE
GUEST HOUSE
ROOFTOP

완벽한
날들

ADT

다시 한 번 인터뷰를 거절당했다. 처음에 인터뷰를 거절당했을 땐 어떡하지 하는 마음에 우왕좌왕한 느낌이 컸다면, 그래도 이번에는 좀 덤덤했다. 앞으로도 거절당할 일은 많을 테니, 낙담하지 말자는 생각이 머릿속에 가득 찼다. 그래서 거절을 당한 김에 바다가 있는 도시, 속초로 떠나기로 했다. 속초는 내가 사는 진주에서 차가 밀리지 않으면 편도로 6시간이 걸려야 닿는 도시다. 진주에서는 직통으로 가는 교통편이 없어서 서울을 거쳐서 가야 했지만, 속초로 향하는 마음만큼은 이상하게도 가벼웠다. 먼 거리를 달려오느라 엉덩이는 뜨겁게 달아올랐지만, 그것보다 더 나를 달아오르게 만든 건 속초를 닮은 아름다운 북스테이 서점 '완벽한 날들'이었다. 하늘에서 내리는 비마저도 낭만적으로 느껴지는 어느 날, 그렇게 속초로 왔다.

완벽한 날들의 최윤복 대표의 첫인상은 동글동글했다. 사진으로 보았을 때는 날카로운 느낌이 다소 있었는데, 실제로 보니 선하고 따뜻한 분위기가 물씬 풍겼다. ▶

속초 완벽한 날들 대표●최윤복

—안녕하세요. 자기소개 먼저 부탁드립니다.

안녕하세요. 저는 완벽한 날들에서 일하고 있는 최윤복이라고
합니다.

—메리 올리버의 책 제목에서 '완벽한 날들'을 따왔다고 들었어요. '완벽
한 날들'이라는 이름을 짓게 된 결정적인 이유가 있다면 무엇인가요?

이름을 짓기 위해 오래 고민을 하지는 않았어요. 순간 딱 떠오
르는 말이었어요, 완벽한 날들은. 이곳에 오는 손님들에게 쉼
의 공간이 되었으면 좋겠다는 생각도 있었고, 다양한 활동들
을 통한 시간들이 의미 있게 남았으면 좋겠다는 생각을 했어
요.『완벽한 날들』책 속에 담겨 있는 내용도 저희가 추구하는
이미지와 겹쳐 있는 부분들이 있어서, 이 이름으로 하면 좋겠
다고 생각했어요.

—이름에 여러 중의적인 의미가 담겨 있는 거네요?

네, 그렇죠.

—일반 서점의 형태가 아닌, 게스트하우스가 접목된 북스테이 형식을 택한
게 흥미로워요. 북스테이를 하려고 마음먹으신 계기가 있으세요?

일반 서점의 형태는 제가 관심 있던 부분은 아니었어요. 다른
서점들을 다녀보니 우리와 정말 다른 업종이라는 느낌이 들었

어요. 중형 서점 같은 경우는 납품이 차지하는 비중이 크더라고요. 저는 납품에 대한 정보도 하나도 없었고, 제대로 알지도 못했어요. 제가 하고 싶은 방식은 문화공간의 느낌이어서 책을 매개로 저자나 독자와의 만남의 공간, 여러 가지 행사를 진행하며 속초의 문화공간으로서 완벽한 날들을 이끌어 가고 싶었어요. 어디가 좋을까 한참을 고민하다 시외버스 터미널 근처에 이런 자리가 있다는 걸 알게 되었어요. 터미널과 가까이 있기에 여행자에게도 접근성이 좋다는 생각이 들어서 이 자리에 자리를 잡기로 했죠. 북스테이 같은 경우는 저희 외에도 먼저 북스테이를 하고 있는 분들이 계셨고, 그 공간들에서 아이

디어를 얻어서 서점에 게스트하우스를 접목시키게 되었죠.

—그럼 처음부터 다목적 문화공간으로 만들려고 하신 거군요?

네. 다목적 문화공간으로 이끌어 가려고 했어요. 모임이나 행사를 많이 하고 있으니까요.

단순히 책만 사고파는 형태를 벗어나, 서점에서 숙박까지 해결할 수 있는 북스테이. 완벽한 날들의 북스테이 시스템은 그런 최윤복 대표의 고민이 담긴 흔적들이 아닐까. 책과 쉼이란 단어에 북스테이만큼 잘 어울리는 건 없을 테니.

—게스트하우스를 겸하다 보니 인테리어도 고민이 많으셨을 것 같아요. 완벽한 날들의 인테리어는 어떻게 준비되고 만들어졌을까요?

인테리어는 제 스타일과 다르게 하자는 생각으로 준비하고 만들었어요. 제가 시민단체에서 일했는데, 제 스타일로 하면 그런 색깔이 많이 묻어날 것 같았거든요. 그리고 그런 운동성을 띤 색깔이 대중들에게 직접적으로 전달되지도 않고요. 제가 이야기하고 싶은 부분들을 좀 더 편하고 부드럽게 전달할 수 있다면 더 좋을 것 같다는 생각을 했어요. 그래서 그런 부분들을 인테리어에 녹여내며 표현하기 위해 노력했어요. 이곳에 오시는 분들도 편하게 느낄 수 있는 공간으로 만들자는 생각에 한정된 예산안에서도, 트렌드에 뒤처지지 않게 하자는 마음으로 최대한 인테리어에 신경을 많이 썼어요. 그래도 아직까지 아쉬운 부분들이 많네요.

—게스트하우스의 총 수용인원이 9명이고, 가족이나 연인 외에는 여성 손님만 받는다고 들었습니다. 여성 손님 위주로 게스트하우스를 운영하게 된 이유가 있나요?

단순한 이유예요. 저희가 이 공간을 구했을 때 1층은 철물점이었고, 2층은 철물점 주인분이 사시던 집이었어요. 그래서 외형을 최대한 보존하면서 리모델링을 진행했어요. 큰방 하나와 작은방 두 개가 2층에 있었는데 그 큰방을 도미토리로 정하고, 나머지 방을 1인실과 2인실로 꾸몄어요. 위치가 터미널 근처이다 보니 주로 이곳에 오시는 분들이 차가 없는 뚜벅이 손님이 많았고, 책 구입은 어느 연령대가 많은지, 어떤 성별을 가진 분들이 여행을 많이 와서 묵는지를 다방면으로 고려해서 지금의 게스트하우스가 만들어졌어요. 아예 여성 전용으로만 하려고도 했는데 그러면 가족이나 연인끼리 오시는 분들이 못 묵게 되니까 지금의 형태로 운영을 하게 됐어요.

—책 큐레이션은 어떤 식으로 하고 계시는지 궁금합니다.

처음에는 인문사회과학 위주로 책을 많이 가져다 놓았었는데, 그런 쪽이 아무래도 가볍고 쉽게 읽기는 힘들잖아요. 여행객들도 많이 오시고 하다 보니까 지금은 여행서도 많이 가져다 놓고, 쉽고 편하게 접하실 수 있는 책들 위주로 큐레이션 하고 있어요. 여행 와서 굳이 어려운 책 읽으려는 분들도 없으시기도 하고요.

그의 말이 맞다. 가뜩이나 책 읽는 인구도 줄어들었는데, 어느 누가 여행까지 와서 어려운 책을 머리 아파가며 읽으려 할까. 쉽고 편한 책이라면 여행객들도 부담 없이 집어 들 수 있을 테니 현명한 선택인 것 같다. 그러나 그런 큐레이션 사이에 그림책이 꽤 많이 눈에 띄었다. 그림책 전문서점도 아닌데 그림책은 왜 이렇게 많은 걸까. 그 이유가 궁금해졌다.

—아까 제가 살펴보니 그림책이 서가 곳곳에 꽤 많더라고요. 그림책을 많이 가져다 두신 이유가 있나요?

아, 그림책은 지난여름부터 확 늘렸어요. 그림책의 반응이 어떨지 궁금하기도 했고요. 저희는 그림책에 관심이 많은데, 여행자들에게는 그림책이 어떤 느낌으로 다가올까 궁금증이 컸거든요. 근데 이제는 다시 줄이려는 추세예요. 일종의 실험 형식으로 그림책의 비중을 높게 배치했었는데, 이제는 그 실험이 끝났거든요. 다른 책들과 균형을 맞추려는 의도도 있고요.

—그렇군요. 제가 돌아다니며 서가를 보니 한 달에 한 출판사씩 선정해서 진열하는 서가가 있던데요. 이 서가는 어떻게 꾸며나가고 있나요?

저희가 작은 서점이다 보니, 작은 출판사들에 대해 관심을 많이 가지게 됐어요. 지금 진열되어 있는 유유 출판사 같은 경우에는 저희가 가지고 있는 책들도 많았고, 개인적으로 제가 관심이 많기도 해서 하게 됐어요. 물론, 좋은 책도 많이 나오고요.

나도 개인적으로 매력적인 책이 많이 출간되는 유유 출판사를 좋아한다. 그러나 책에 관심이 적은 사람이라면 따로 찾아보지 않는 이상 이름도 알지 못하고 지나칠 수도 있다. 그런 점에서 서가에 따로 출판사를 소개하는 코너를 만들어놓은 건 참 좋은 시도라고 생각한다. 더 많은 사람이 좋은 책을 내는 출판사를 만나는 하나의 창구가 될 수 있으니까. 그리고 작은 서점과 작은 출판사가 함께 상생하는 길로 작용할 수도 있고. 조근조근 서가에 대해 이야기하는 최윤복 대표의 눈빛에서 나는 무언의 따뜻함을 느꼈다.

—매주 토요일 밤 게스트하우스에 묵는 손님들과 함께 '아주 사적인 북 토크'를 열기도 한다고 들었는데, 현재도 진행 중이신 건가요?

지금은 하지 않고 있어요. 사실 정식으로 한 적은 없고, 처음에 몇 번 시도를 했었어요. 여럿이서 모여 이야기를 나누는 게 아닌 일대일 북 토크 식이었는데, 이걸 진행하려면 저희가 밤까지 이곳에 있어야 하는데 그러기엔 너무 힘들더라고요. 저희도 퇴근을 해야 하니까요.

—어떻게 보면 업무의 연장선처럼 느껴질 수 있는 일이었네요?

네, 그렇죠. 퇴근만큼 중요한 게 없는데, 퇴근을 제때 못하고 계속 일만 하기에는 에너지도 너무 많이 소진되고요.

지금은 '아주 사적인 북 토크'를 하지 않는다는 게 아쉬웠지만, 그의 말을 듣고 나니 이해가 갔다. 근무 외 시간을 투자해가며 투숙객과 함께하는 이벤트를 진행하는 건 여러모로 많은 에너지가 필요한 일이다. 오래 일한다고 해서 능률이 오르진 않는다. 저녁시간엔 가족과 함께하며, 더 나은 책방을 위해 잠시간의 쉼표를 가지는 것도 중요한 일이라는 생각이 들었다.

—커피 쿠폰도 특이하던데요. 보통은 로고 모양의 도장을 찍어주는데 완벽한 날들은 한 잔, 두 잔 이런 식으로 잔이라는 글자 도장을 찍는 게 인상 깊었습니다. 이 아이디어는 누가 내신 건가요?

쿠폰 같은 경우는 저희가 전체 콘셉트 회의를 할 때 나왔던 아이디어였어요. 아이디어 제공자는 아내이고요.

—속초에는 동아서점, 문우당과 같이 오랜 시간 지역민들과 함께 호흡해온

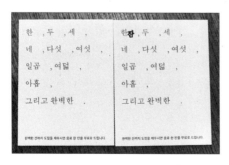

©완벽한 날들

서점들이 있습니다. 그 서점들과는 다른 의미로 완벽한 날들이 존재할 텐데요. 완벽한 날들이 추구하는 방향이 있다면 무엇일까요?

저희는 동아서점이나 문우당과 결이나 규모 면에서도 확실히 달라요. 저희는 속초에 여행 오시는 분들에게 책과 함께 쉼을 드리고 싶어요. 그리고 지역민들에게 하나의 문화공간으로서 북 토크나 강연, 전시, 영화상영 등의 행사를 진행하며 완벽한 날들을 이어가고 싶고요. 이제는 행사 부분도 재정비해서 좀 더 지역민들의 참여가 자발적으로 이루어지는 곳으로 만들어가고 싶어요. 서점에 들어왔을 때 동네 사람들과 교류가 밀접한 공간이라는 느낌이 딱 들 수 있게요.

이미 속초에는 오랜 기간을 지역민과 함께 호흡하며 커온 동아서점, 문우당이 있다. 그 서점들과는 다른 형태로 완벽한 날들을 운영하기 위해 고심해온 생각들이 정갈하게 드러나는 그의 대답에 나도 모르게 고개를 끄덕였다. 그래서 더 궁금했다. 그가 생각하는 완벽한 날들의 색깔이란 무엇일까.

—다른 서점과는 차별화된 완벽한 날들만의 특색이 있다면 무엇인가요?

솔직히 말씀드리자면 없는 것 같아요.

—너무 솔직하신데요?

시간이 지나면 색깔들이 차곡차곡 쌓일 수는 있을 것 같아요.

제가 더 오래 버텨나가다 보면 그런 부분들이 자연스레 생겨나고 정체성이 되지 않을까요. 아직까지 큰 차별성은 없는 것 같아요.

이제까지 이 질문을 하면서 이렇게도 솔직한 대답을 들은 적은 없었다. 너무 솔직한 대답에 순간 당황하기도 했지만, 색깔을 억지로 꾸며내어 말하기보다 있는 그대로 대답해준 그의 모습이 오히려 믿음직하게 느껴졌다. 꾸며내지 않고 자연스러운 공간이야말로 그가 바라는 완벽한 날들의 색깔이 아닐까.

—완벽한 날들을 운영하면서 기억에 남는 에피소드가 있나요?

좋았던 점과 나빴던 점으로 나눴을 때, 나쁜 점부터 말씀드리자면 정말 힘들었어요. 내내 이곳에 붙어 있다 보니 체력적이나 정신적으로 힘들어지더라고요. 지치다 보니 손님이 결코 반갑지만은 않은 순간이 오더라고요. 한창 지쳐 있을 때, 손님에게서 전화가 온 적이 있어요. 다짜고짜 북카페냐고 물어보시더라고요. 그래서 북카페가 아니고 서점이라고 말씀드렸는데, 그때부터 뭔가 꼬였는지 전화에 대고 욕을 하시더라고요. 그 이후로도 좋지 않은 기억이 여럿 있어요. 좋았던 점은 작가님이 묵으러 오신다거나, 석류 님처럼 인터뷰를 하러 오시는 분들이 있을 때 재미있다고 느껴요. 다른 곳도 충분히 매력적인 곳이 많은데 여기가 대체 뭐라고 이렇게들 찾아오는 걸까 싶어서요. 아, 그리고 오상진·김소영 아나운서가 '당인리 책 발전소'를 오픈하기 전에 오셨던 것도 기억에 남네요.

책방을 운영한다는 건 끊임없이 불특정 다수를 상대해야만 하는 일이다. 책방도 서비스업이기에. 단순히 책만 입고하고 판매하는 게 아닌 손님과의 교류도 중요하다. 아무리 에너지 넘치는 사람이라도 힘들지 않을 수가 없다. 그래도 애정을 담아 이곳을 찾는 이들이 있기에 좋지 않은 기억을 좋은 기억들로 상쇄해가며 공간을 꾸려나갈 수 있는 거겠지. 그런 최윤복 대표가 생각하는 행운의 책은 무엇일까 궁금해졌다.

—이제껏 살아오면서 읽은 책 중 정말 행운이라고 느꼈던 책이 있나요?

첫 번째로는 얼마 전에 출간된 책인데요. 『온다 씨의 강원도』요. 이 책을 만든 출판사 대표님이 최근에 고성으로 이주를 하셨고, 종종 저희 서점에도 들르시는데요. 오래 출판 일을 하셔서 그런지 배울 점도 많고, 알게 된 지는 얼마 안 됐지만 의지도 많이 되고 있어요. 그리고 저희 완벽한 날들도 책 안에 소개돼서 행운이라 느껴지고요. 두 번째로는 메리 올리버의 『완벽한 날들』요. 이 책 덕분에 완벽한 날들이라는 이름도 정해졌으니, 행운이다 싶어요. 세 번째로는 신영복 선생님의 책들이요. 대학 시절, 신영복 선생님의 글을 접하고 책들을 읽으며 인문학적 소양이 길러졌거든요.

—평소 책을 잘 읽지 않은 사람이 속초 여행을 왔다가 완벽한 날들에 들렀어요. 그분에게 추천해주고 싶은 책이 있으신가요?

그때그때 다를 것 같아요. 그분의 성별이나 연령대에 따라서도 다를 것 같고요. 어떤 관심분야나 취향을 가지고 계신지도 추천에 영향을 끼치고요. 보통 세세하게 물어보고 추천을 해드려요. 그게 아니라면, 새로 들어온 신간 중에 제가 좋다고 느껴졌던 책들 위주로 추천해드리는 편이에요.

—그럼 연령대를 다 떠나서 공통적으로 이 책은 정말 추천하고 싶다고 생각하시는 책이 있으세요?

음, 그런 건 없다고 생각해요. 각자의 상황과 취향이 다르니까요. 다른 분들은 콕 집어서 추천을 해주시겠죠? 만약 소설 중에서 추천을 한다면 장편보다는 단편집 위주로 추천을 해드리곤 해요. 소설류가 아니라면 무난하게 『완벽한 날들』을 추천해드려요. 에세이라서 편하게 읽으실 수 있기도 하고요.

> 부정확한 추천보다는 읽는 사람의 취향에 맞게 추천을 해주고 싶다는 의지가 담긴 대답. 최대한 읽는 사람의 실패 확률을 낮추고, 성공적으로 책에 접근할 수 있도록 돕겠다는 마음이 전달되는 대답에 내가 책을 잘 읽지 않고 여행객으로 이곳에 들른다 해도 그의 추천이라면 믿고 읽을 수 있겠단 생각이 들었다.

따로 이상적인 서점에 대해 생각을 해본 적은 없지만, 아이들이 많이 오는 서점이었으면 하는 생각은 해요. 와서 그림책을 비롯해서 여러 책들을 보며 놀 수 있는 그런 공간으로요. 그리고 작가, 독자, 출판사, 서점 모두가 행복할 수 있는 모습이 가장 이상적인 모습이 아닐까요. 모두 다 힘들지 않게 유기적으로 잘 공존하며 살아가는 거요.

힘들다는 말 없이 모두가 행복하게 살아가는 삶. 그것이야말로 정말 이상적인 모습일 것이다. 그러기 위해서는 지금보다 더 나은 환경이 조성되는 게 가장 중요하겠지만, 이런 생각을 가진 서점원이 있다는 것만으로도 어쩌면 우리는 이상에 한 발짝 다가가고 있는 건 아닐까.

—매일 완벽한 날들의 문을 열며 하는 생각이 있다면 무엇인가요?

오늘 할 일에 대해 생각하곤 해요. 서가에 어떻게 책을 배치할지, 게스트하우스에 투숙하는 손님에 대한 생각들도 하고요. 오늘은 어떤 손님들이 들러주실까도 생각해요.

게스트하우스를 병행해서 운영하기에 투숙객에 대한 생각도 역시 빼놓지 않고 매일 하게 되는 것 같다. 사람에 대한 생각을 매일 안고, 그렇게 그는 이곳의 문을 연다.

—여행자들에게 추천해주고 싶은 여행 관련 도서가 있다면 얘기해주세요.

속초에 여행 오신 분들에게 딱 알맞은 책이 있어요. 『온다 씨의 강원도』요. 속초에 여행을 오시거나, 속초에 이사를 올 예정이신 분들에게 강력 추천하고 싶어요. 마치 『수학의 정석』 같은 느낌이랄까요?

—강원도의 필독서네요?

네. 지금은 속초, 고성, 양양 편만 담겨 있지만, 곧 강릉을 비롯해 다른 지역 편도 만들어진다고 하니 강원도에 관심 있는 분들이 읽기에 좋을 것 같아요.

그의 강력 추천에 홀려 나도 『온다 씨의 강원도』를 읽게 되었는데, 왜 추천했는지 알 것 같았다. 기존의 여행서와 다르다. 알차고 탄탄한 삶의 내용이 담겼고, 도보 여행을 하기에 안성맞춤인 산책길들도 꼼꼼하게 나와 있다.

—속초에서 꼭 가봐야 할 명소가 있다면 알려주세요.

저희 숙소에서 걸어서 갈 만한 곳으로는 영랑호와 동명항을 추천하고 싶어요. 속초가 한창 개발되던 때부터 지금까지의 모습들을 그쪽 동네에 가면 볼 수 있어요. 그리고 해변도 있고, 영금정이라는 정자도 있어서 산책하기 좋고요. 옛 골목을 보는 걸 좋아하신다면 꼭 한 번 가보시면 좋을 것 같아요. 동명동의 골목은 속초의 옛 느낌을 간직한 곳이거든요. 속초의 흥망성쇠를 한눈에 느낄 수 있는 곳이랄까요.

내리는 비가 그치고, 아침이 밝아오면 그가 걷던 그 길들을 걸어볼 생각이다. 속초의 어제와 오늘을 만날 수 있는 길들을 생각하니 왠지 모르게 설레는 느낌이 들었다. 여행과 관련된 질문들이 나온 김에 혼자 여행 온 여행자가 밥 먹기 좋은 곳은 어디인지 그에게 물었다.

—여행자가 '혼밥'을 하기 좋은 곳이 있다면 어디일까요?

이왕 속초에 오셨으니 해산물을 먼저 추천하고 싶어요. 갯배를 타는 선착장이 있는데, 물회를 하는 가게들이 있어요. 그곳에서 물회를 드셔도 좋고요. 해산물이 취향이 아니라면 '그리운 보리밥'이라는 식당에서 보리밥을 드셔도 좋을 것 같아요. 정식류로 정갈하게 음식들이 잘 나오는 곳이에요.

해산물을 못 먹는 사람을 위해, 정식류도 함께 추천해주는 그의 세심함이 따스하게 다가왔다. 완벽한 날들에서 책과 함께 완벽한 시간을 보내고, 산책을 하고, 밥을 먹으러 가면 정말 그야말로 완벽한 속초여행이 되지 않을까.

◀연이은 인터뷰 거절로 인해서 마음고생이 심했는데, 속초에 다녀와 거짓말 같게도 큰 힘을 얻었다. 솔직 담백하게 완벽한 날들의 이야기를 들려준 최윤복 대표의 조근조근한 목소리가 지금 이 순간도 귓가에 울려 퍼지는 것만 같다. 속초에 오기 전, 이미 완벽한 날들에 들렀던 아는 언니에

게 이곳에 대한 느낌을 물은 적이 있다. 그녀는 이렇게 대답했다. 속초라는 도시에 위치한 점이 가장 큰 장점인 공간이라고. 그녀의 대답에 하나를 더 덧붙이고 싶다. 도시 자체가 메리트지만, 완벽한 날들이 자리하기에 속초는 더 큰 메리트가 될 수 있는 곳이라고.

봄을 만나는 시간, 속초 영금정

원래 계획대로라면 해가 밝아오는 시간 무렵 일어나 천천히 산책을 할 예정이었는데, 도저히 눈꺼풀을 들어 올릴 힘이 없었다. 속초까지 오느라 에너지를 다 써버린 탓일까. 조금 더 잠을 보충한 후, 눈을 떴다. 전날 비가 왔다는 게 무색하게도 화창한 아침이었다. 맑은 공기 속에서 천천히 몸을 움직여 최윤복 대표님이 추천해준 영금정 쪽으로 걸음을 옮겼다.

완벽한 날들에서 영금정으로 향하는 길은 멀지 않았다. 청량한 노래를 틀고 헤드셋을 끼고서 아침 공기를 잔뜩 들이마시며 느릿하게 걷다 보니 영금정이 나왔다. 오랜만에 바다를 본다. 바다를 보니 마음이 설렜다. 언제나 바다는 내게 설렘을 안겨주는 장소였다. 대학 시절 살았던 부산에서도, 간단한 짐을 꾸려 1년간 머물렀던 제주도에서도. 항상 바다에 홀려 있었고, 바다가 있는 그 도시들에 애정을 품었다.

속초에서 만난 바다는 파랗게 빛났다. 그 어느 날, 부산에서 버스를 타고 강원도로 가는 길에 보았던 바다가 떠올랐다. 그때도 바다를 보며 오늘과 같은 생각을 했다. '강원도 바다는 정말 푸르구나'라고. 참 신기하게도 지역마다 바다의 느낌은 모두 다르다. 그래서 바다는 질리지 않는 매력으로 사람을 홀리는 거겠지. 밀려오는 파도를 바라보며 잠시 멍하니 생각에 잠겨 있다가 영금정 근처에 등대가 있는 걸 보곤 무작정 계단을 올라가기 시작했다. 계단을 오르는 걸 즐기진 않지만, 등대로 향하는 계단이 별로 안 높아 보여서 괜찮을 것 같았다. 그런 내 생각을 비웃기라도 하듯, 밑에서 보기에

높지 않아 보였던 계단은 '복사·붙여넣기'라도 한 듯 위로, 또 위로 솟아올라 있었다. 등대를 너무 만만히 생각했던 걸까. 어느새 등에서 땀이 돋아나기 시작했다. 그냥 다시 내려갈까 싶어서 아래를 쳐다보았더니 내려가기에는 아쉬울 정도로 많이 올라왔다. 그래서 이왕 오른 김에 끝을 보자 싶어서 묵묵히 정상을 향해 올랐다.

이윽고 정상에 도착했다. 등대에 닿자 흘렸던 땀을 보상받는 기분이 들었다. 아래로 탁 트인 경치를 보니 마음이 뻥 뚫렸다. 시원하게 불어오는 바람과, 아직 지지 않고 꿋꿋이 꽃잎을 날리고 있는 벚꽃나무가 내게 반가운 인사를 건넸다. 그렇게 눈에 닿는 모든 풍경이 아름다운 봄을 속초에서 만났다.

제주

매일 첫 손님과 커피를 나누어 마셔요

https://www.instagram.com/bombom_books/

📍 제주특별자치도 서귀포시 대정읍 하모백사로29번길 6-6

이듬해
봄

제주로 출발하는 날, 태풍이 온다는 소식을 들었다. 가는 날이 장날이라고, 왜 하필 다른 날도 아니고 내가 제주에 가는 날에 태풍 소식이 있는 건가 싶어서 몹시 걱정스러웠다. 혹시나 비행기가 뜨지 않을까 봐. 제발 결항만 되지 말라고 마음속으로 빌며 게이트 앞에서 한참을 서성였다. 안절부절못하는 내 마음을 하늘이 알아차린 건지 출발할 무렵의 날씨는 생각보다 나쁘지 않았고 무사히 비행기가 떴다. 하늘 위를 나는 순간, 무척이나 두근거렸다. 수없이 많이 간 제주지만, 오늘은 유독 특별하게 느껴지는 날이기에. 마음속에 설렘을 가득 품고, 그렇게 하늘을 날아 '이듬해 봄'으로 향했다. ▶

—안녕하세요. 먼저 자기소개부터 부탁드릴게요.

안녕하세요. 저는 서귀포시 대정읍 하모리에서 이듬해 봄이라는 서점을 운영하고 있는 김진희라고 합니다.

—책을 좋아하는 사람은 많지만, 막상 서점이라는 공간에서 일하는 사람은 생각보다 많지 않은데 제주에서 이듬해 봄을 오픈하게 된 계기가 있으신가요?

어렸을 때부터 책을 굉장히 좋아했어요. 내가 좋아하는 일이 직업이 되면 좋겠다는 생각을 했었어요. 그 덕에 어릴 적부터 서점 주인을 꿈꿔왔고, 대학 진학 시 국문과 입학을 꿈꿀 정도로 책과 관련된 연결고리를 가지며 살려고 했어요. 그러나 살다 보니 현실 때문에 조금씩 꿈이 희미해지는 부분들이 있었어요. 그래서 책을 좋아하는 평범한 직장인으로만 지내고 있었는데요. 언젠가 때가 되면 꿈을 이뤄야겠다는 마음은 항상 품고 있었어요. 그리고 우리 동네에 누군가는 작은 서점을 열어줬으면 좋겠다고 생각했는데 그게 쉽사리 실현되지 않더라고요. 계속 책방이 생기기를 막연히 기다리기보다는 제가 직접 하자 싶었고, 그게 작년에 드디어 실현이 됐어요. 타이밍이 좋게도 운명처럼 공간이 먼저 제게 찾아왔고, 그 공간에 이듬해 봄이 만들어지게 되었습니다.

—이듬해 봄의 뜻이 궁금합니다. 이듬해의 봄이란 뜻인가요? 아니면 다른 의미도 담겨 있나요?

이듬해 봄은 손님들께 제가 인사를 드릴 때 쓰곤 하는 말이에요. "안녕히 가세요. 우리 이듬해 봄에도 꼭 다시 만나요"라고요. 이듬해 봄이 다음 해의 봄이라는 뜻이잖아요. '내년 봄에 찾아와도 제가 늘 이 자리를 지키고 있을게요'라는 의미를 담고 있어요. 어떻게 보면 나 자신과의 약속이기도 하면서, 손님들과의 약속도 담겨 있는 이름이라고 할 수 있죠.

사실 이름을 처음 들었을 땐, 이듬해의 봄이라는 뜻만을 내포하고 있는 줄 알았는데 훨씬 더 매력적인 뜻이 담겨 있었다. 이듬해 봄에도 책방을 운영하며, 책방을 방문해주는 사람들과 만나고 싶은 마음이 담겨 있는 이름이라니. 괜히 뭉클해졌다.

—인테리어가 참 매력적이에요. 딱 봐도 제주스러운 느낌이 물씬 풍겨요. 다른 장소도 아닌 제주의 전통 가옥을 책방의 장소로 선택한 이유가 있으세요?

제주는 시골이잖아요. 시골스러운 느낌을 유지하고 싶었어요. 과하지 않게 딱 시골스러움이 느껴지는 공간으로 꾸미고 싶었죠. 그리고 이 공간이 주는 느낌이 책과 잘 어울리기도 해서 약간의 손질을 거쳐서 서점으로 꾸몄어요.

이듬해 봄은 들어서는 입구부터 '아, 이곳이 제주가 맞구나'라는 생각을 안겨줄 정도로 제주스러움이 가득했다. 제주의 전통 가옥을 책방으로 사용하고 있기도 하고, 책방의 분위기도 제주를 닮았기에. 그런데 흥미로운 점이 하나 있었다. 이곳의 리모델링을 그녀가 직접 했다는 것. 그래서 궁금해졌다. 왜 직접 리모델링 작업까지 하게 된 건지.

—리모델링 작업을 직접 하셨다고 들었어요. 굉장히 손이 많이 가는 작업이었을 것 같은데요. 직접 리모델링까지 하시게 된 이유도 궁금해요.

네. 직접 했어요. 그래서 시간이 많이 걸렸어요. 어디 업체에 맡겨서 하기보다 공간의 느낌을 살리기 위해, 직접 하게 됐는데요. 리모델링을 하던 시기까지만 해도 남편이 육지에 있던 때라서 주말만 공사를 하며 공간을 준비했죠. 워낙 작업할 시간이 적다 보니, 리모델링에만 6개월 정도의 기간이 소요됐어요.

빨리 책방을 오픈하려면, 직접 하는 것보다 업체에 맡기는 게 공사는 빠르게 진행됐을 테지만 그건 그녀가 원하는 바가 아니었을 거다. 최대한 시골스러움을 살리며, 책과 공간의 호흡에 초점을 맞추며 한 땀 한 땀 직접 손을 본 책방. 곳곳에서 묻어나는 따스한 손길에 마음이 포근해졌다. 그러나 포근함도 잠시, 직접 리모델링 작업까지 할 정도로 공간에 애정을 가지는 그녀에게 있어 책방을 운영하며 가장 힘든 부분은 어떤 것인지 알고 싶어졌다.

—육지가 아닌 섬인 제주에서 다른 업종도 아닌 서점을 운영하며 가장 힘들다고 느껴지는 부분들이 있다면 어떤 것인가요?

일단 책을 팔아 남기는 마진율의 부분이 고된 것 같아요. 워낙 책의 마진율이 낮기도 하고, 제가 다른 걸 겸하지 않고 책으로만 승부를 보고 싶은 마음이 커서 저희 책방에서는 음료를 판매하지 않거든요. 책을 팔아 남기는 마진만으로는 재정적으로 넉넉하기 힘들기 때문에, 그 부분이 고민이 커요. 폭발적으로 책을 많이 판다면 모르겠지만 그런 것도 아니니 그런 부분에 대한 고민은 항상 안고 가는 것 같아요. 그래서 누군가를 고용하는 것도 생각하기 어려워서, 저 혼자 운영을 하고 있는데 혼자서만 운영해나가는 게 정말 힘들더라고요. 1인 운영이 지금으로서는 가장 힘든 부분인 것 같아요.

책의 마진율이 다른 상품에 비해서 낮은 편에 속하기에 월세를 내기에도 빠듯한 곳들이 많다. 인터뷰를 진행하며 그런 이야기를 정말 많이 듣기도 했고. 월세도 빠듯한데 인건비를 남기기는 더더욱 힘들기에 지치는 책방지기들이 많은데, 제주도 마찬가지라 생각하니 마음이 저릿했다.

—총판과 출판사들이 육지에 몰려 있잖아요. 육지가 아닌 섬이기에, 책을 입고하는 데 배송 시간이 많이 걸릴 것 같은데요. 그런 부분에 대한 불편함은 없으신가요?

작년에 작은 책방 연합이라는 이름으로 마음 맞는 서점들이 모여서 워크숍을 했어요. 방금 말씀하신 입고나 배송에 대한 문제도 어떻게 하면 해결을 할 수 있을지 의논을 했죠. 모여서 얘기 나눈 걸 총판 측에 전달을 했는데요. 기존에는 저희 같은 작은 서점이 총판과 거래를 하려면, 예치금을 미리 넣지 않고는 힘든 실정이었는데 저희의 움직임을 보고 총판의 반응이 달라졌어요. 20권 이상 주문만 하면 택배로 책을 보내주겠다고 했고, 12시 이전에 책을 주문하면 2~3일 안에는 책이 도착할 수 있게 해줬어요. 처음에 서점을 오픈할 때는 책을 입고하려면 일일이 출판사에 연락을 취해서 거래를 다 트고 그랬는데, 지금은 훨씬 수월해진 편이죠.

섬이어서 시간이 더 많이 걸릴 줄 알았는데, 지방과 같은 속도로 배송이 된다니 조금은 안심이 됐다. 서울, 수도권을 제외하고는 육지에서도 지방은 기본 2~3일의 배송시간이 걸리곤 한다. 그렇기에 제주에서도 육지와 같은 속도로 책을 받아볼 수 있다는 건 무척이나 고무적으로 다가온다.

—이번에는 반대로 묻고 싶은데요. 육지가 아닌 제주에서 책방을 운영하며 가장 좋은 점은 어떤 거라 생각하세요?

저는 제주에서 책방을 해서 좋은 점이라기보단 대정읍에서 하면서 좋은 점을 말하고 싶어요. 책방을 시작할 때 단순히 책을 파는 곳을 넘어서서, 동네 분들이 언제든 편히 올 수 있는 문턱이 낮은 공간을 만들고 싶었어요. 약간의 시간이 걸리긴 했지만 지금은 그런 형태의 책방이 되었다고 생각해요. 동네 분들이 많이 찾아주시고 있거든요. 동네 사람들과 책으로 함께 연결되고 소통할 수 있어서 정말 좋아요.

책으로 함께 연결되고, 소통할 수 있어서 좋다고 말하는 그녀의 얼굴에 미소가 따스하게 번졌다.

—전국적으로 많은 소규모 책방이 생겨나고 있는데, 서울을 제외하고는 제주가 가장 빠른 속도로 단기간에 많은 책방이 생겼어요. 그런 부분에 대해서는 어떻게 생각하시나요?

단기간에 많이 생긴 만큼, 단기간에 없어지지 않았으면 좋겠어요. 운영난으로 인해 책방을 접게 되는 일이 없었으면 하는 바람이에요.

—제주에 많은 책방이 생겼지만, 현재 모슬포 쪽에서는 이듬해 봄 외엔 책방이 없는데요. 모슬포의 유일한 책방으로서 부담감은 없으신가요? (인터뷰 당시만 해도 이듬해 봄밖에 없었는데 최근 검색해보니 모슬포에는 동네 책방이 하나 더 생겼다고 한다.)

부담감이 있긴 하죠. 모슬포의 유일한 서점이라서 가지는 부담감이라기 보단, 서점엔 책이 빽빽하게 많아야 한다는 생각을 가지고 오시는 분들에 대한 부담감인 것 같아요. 저희 책방엔 그렇게 많은 책이 있지는 않거든요. 그렇다고 해서 억지로 양을 늘리지는 않을 거예요. 저는 양으로 승부하고 싶지 않아요. 우리 책방만의 북 큐레이션으로 승부하고 싶거든요. 굿즈 같은 경우도 마찬가지예요. 굿즈 입점 문의도 오곤 하는데, 많은 굿즈를 들여놓기보단 적지만 책방과 어울리는 굿즈들 위주로 들여놓아요. 하나를 소개하더라도 제대로 소개하고 싶은 마음이에요.

—제주도는 관광으로 유명한 섬이기에 관광 차 왔다가 책방에 들르시는 분도 많으실 것 같아요. 그런데 주말에는 가족과 함께하는 시간을 갖기 위해 영업을 하지 않고 평일만 하신다고 들었어요. 평일 영업만 하다 보니 매출적인 측면에서도 차이가 많을 것 같은데요. 평일 영업의 장단점이 있다면 무엇이라 생각하시나요?

이 부분은 제가 계속 고민을 하는 부분이기도 해요. 주말에 문을 열지 않다 보니 매출에 큰 영향을 끼치긴 해요. 처음에는 주말에도 열었어요. 남편이 아이를 봐주고, 저는 주말에 책방에 나와 있는 거죠. 그런데 저의 역할에 대한 고민이 들더라고요. 책방지기와 엄마로서의 역할에 있어서요. 고민 끝에 주말에 문을 닫기로 했는데, 닫고 나니 선명하게 눈에 보이는 것이 있었어요. 단지 매출 때문에 주말에도 영업을 한 게 아니라는 것을요. 잊힐까 두려웠던 거예요. 이듬해 봄이 주말에 열지 않아서, 사람들의 기억에서 잊히진 않을까 하는 두려움 같은 거요. 근데 막상 공지를 띄우고 나니, 사람들도 '아, 이듬해 봄은 빨간 날엔 문을 닫는 곳이구나'라고 생각을 하게 되니 두려움은 덜해졌어요. 장점은 가족과 함께할 수 있는 시간이 많다는 거고요. 단점은 역시 매출, 홍보 부분인 것 같아요. 그러나 제가 선택한 것이기에 단점에 대한 리스크는 안고 가고 있어요.

　　분명 쉽지 않은 선택이다. 주말을 껴서 여행을 오는 사람의 수도 적지 않으니, 매출에 영향을 미칠 수밖에 없을 터. 그러나 매출도 매출이지만 잊힐까 두려웠다는 말이 마음에 찡하게 와닿았다. 잊힘은 얼마나 슬픈 일인가. 다행히도 지금은 평일 오픈이 자리 잡아 그녀의 마음속 짐은 조금은 덜어졌으리라. 이듬해 봄이 오래도록 사람들의 기억 속에 잊혀지지 않는 책방이 되었으면 좋겠다는 생각이 들었다.

─올해로 제주 이주 8년 차가 되셨다 들었는데요. 제주로 이주해 지낸 시간이 짧지 않은 만큼 제주도의 여러 가지 변화들을 직접 몸으로 많이 느끼셨을 것 같아요. 그런 변화의 부분에 대해서는 어떻게 생각하세요?

대부분 제주도의 변화에 대한 부정적인 면(자연환경 파괴, 땅값 상승 등)을 많이 생각하시는데요. 저는 어떠한 긍정도 부정도 없어요. 지금의 변화들은 지극히 자연스러운 현상이라고 생각해요. 사람이 많이 모이는데 환경이 똑같이 유지되고, 변화가 없다는 건 말이 안 되거든요. 대신, 변화하는 부분들이 급진적이어서 우려가 되긴 해요. 하지만 자연스럽게 받아들이고 지내고 있어요.

제주에 반해 육지의 삶을 포기하고 이주하는 사람이 점점 더 늘고 있다. 늘어난 사람만큼 제주도는 계속 변화하고 있다. 사람이 모이는데 어찌 매일 같은 모습으로만 남을 수 있을까. 변화들을 부정적으로 여길 수도 있지만, 자연스러운 현상으로 받아들이는 그녀의 모습이 더없이 긍정적으로 느껴졌다. 그런 그녀가 생각하는 이듬해 봄만의 색은 무엇일까.

─다른 책방과는 차별화된 이듬해 봄만의 특색이 있다면 무엇이라고 생각하세요?

저는 공간의 힘, 인연의 힘을 믿는 사람이에요. 그런 것들이 이듬해 봄 안에서 좋은 방향으로 순환되고 있고, 하나의 연결고리가 되어 지속 가능성으로 이어지고 있는 것 같단 생각을 해요. 이듬해 봄이 위치한 곳은 지나가다 들를 수는 없는 곳이에요. 골목 안에 있다 보니 눈에 띄기가 힘들거든요. 일부러 이 공간을 위해 발걸음 해주시는 분들을 보면 고마움을 느껴요. 그런 일대일의 관계에서 얻는 에너지들이 참 커요. 제가 예전에는 엽서 처방전이라는 이름으로 찾아오시는 손님들에게 각각의 이야기가 담긴 엽서를 처방해드리곤 했어요. 그런 것들이 쌓이고 쌓여, 이듬해 봄만이 가지는 하나의 색깔들이 되는 건 아닐까 싶어요.

—이듬해 봄을 운영하면서 기억에 남는 에피소드가 있나요?

다녀가신 손님들이 종종 손편지를 보내오곤 하는데요. 그런 게 인상적이었어요. 이 공간에 혼자 방문하신 손님들이 서로 친구가 되어 다음에 다시 찾을 때는 혼자가 아닌 여럿이 되는 부분들도 기억에 남는 것 같아요.

—대표님이 이제껏 살아오면서 읽은 책 중 행운이라고 느꼈던 책이 있나요?

초등학교 5학년 때 읽었던 『작은 아씨들』요. 살아오면서 큰 시험의 순간들이 있을 때마다 다시금 꺼내보곤 해요. 이 책이 제게 주는 힘 같은 게 있더라고요. 그런 의미에서 『작은 아씨들』은 저의 수호천사 같은 책이라고 할 수 있어요. 『나의 라임 오렌지나무』도 그런 힘을 주는 책이고요. 이건 여담이지만 『나의 라임 오렌지나무』의 영향으로 저희 아이의 태명을 '제제'로 짓기도 했었어요.

—책을 읽지 않는 사람이 이듬해 봄에 놀러 와서 책을 추천해달라고 한다면 추천해주고 싶은 책이 있으세요?

본인이 책을 정말 좋아해서 제 추천이 필요하다면 얼마든지 도울 수 있지만, 책을 좋아하지 않는 상태라면 억지로 권하고 싶지는 않아요. 와서 책을 사는 것도 물론 좋지만, 굳이 구매하지 않으셔도 전 괜찮거든요. 공간에 머물다가 가기만 해도 좋아요. 실제로도 그렇게 손님들에게 얘길 하고 있어요. 근데, 그런 분들이 다음에 재방문을 해주시는 경우가 있어요. 다시 왔을 때는 책을 좀 좋아하고 싶어서 왔다는 이야기를 해주시곤 하는데 그런 부분들이 참 재밌게 느껴져요.

억지로 권하기보다 흥미가 생길 때까지 천천히 기다려주겠다는 마음이 담긴 대답. 이런 책방지기가 있는 곳이라면 책에 관심이 없어도, 서서히 책에 대한 관심이 피어나지 않을까 싶다.

—대표님이 생각하는 이상적인 서점이란 무엇인가요?

제가 생각하는 이상적인 서점을 이듬해 봄으로 대입해보자면, 몇 년 후 임대차 계약이 끝나고 난 뒤에 비록 장소가 바뀌게 된다 해도 이듬해 봄이라는 이름의 공간을 계속 유지할 수 있으면 좋겠어요. 이듬해 봄을 계속 지속할 수 있다면 그것 자체로 이상적일 것 같아요.

——매일 이듬해 봄의 문을 열며 하는 생각들이 있으세요?

첫 손님에 대한 생각을 해요. 이게 약간 미신적으로 보일 수도 있지만, 저는 그날그날의 분위기가 첫 손님으로 인해 결정되는 느낌을 받거든요. 그리고 저는 첫 손님과 함께 커피를 마시려고 기다려요. 혼자 커피를 마실 수도 있지만, 첫 손님과 함께 커피를 마시며 이야기를 나누는 그 느낌들이 정말 좋더라고요.

> 첫 손님이 이듬해 봄의 문을 열고 들어오는 순간을 머릿속으로 그려본다. 떠올리는 것만으로도 따스하다. 향긋한 커피 향과 종이책 특유의 냄새가 뒤섞여 후각을 자극하는 느낌. 언제가 될지는 모르겠지만, 나도 이듬해 봄의 첫 손님으로 이곳의 문을 열고 들어오고 싶다.

——이제 마지막 질문이네요. 제주를 여행하는 여행자들에게 추천해주고 싶은 여행 관련 도서가 있다면 얘기해주시면 좋겠습니다.

시와 님이 만든 『탐라 일기』를 추천하고 싶어요. 시와 님이 제주를 여행하며 겪은 이야기들을 일기 형식으로 쓴 독립출판물이에요. 이 책 안에 담긴 오름이나 명소를 가보는 것들도 색다른 여행이 될 수 있겠단 생각이 들어요.

서울 신촌에 있는 책방에 갔을 때 이 책을 발견하고 바로 내 취향이라 구입한 기억이 났다. 직접 핸드메이드로 만든 책인 데다, 넘기는 페이지마다 제주스럽다란 느낌을 받아서 매력적이었다. 일반적인 여행을 넘어서 자신만의 여행을 꾸려가고 싶다면, 이 책에 나오는 곳들을 가도 정말 좋을 것 같다.

◀인터뷰를 마치고 책방을 나서는데, 잠시 그쳤던 비가 폭우가 되어 미친 듯이 몰아쳤다. 그 덕에 물에 빠진 생쥐 꼴이 되었지만, 어째 그게 나쁘지만은 않았다. 인터뷰를 진행하며 밝은 기운을 많이 얻어서인가 보다. 이번에는 비 오는 날의 이듬해 봄을 마주했으니, 다음에는 맑은 날의 이듬해 봄을 만나고 싶다. 이듬해 봄에도 이곳에서 다시 만날 수 있기를 바라며, 마음속으로 작은 인사를 건넸다.¶

아름다운 신흥리 앞바다

육지로 돌아가는 날. 전날까지만 해도 틈만 나면 비가 쏟아졌는데, 오늘은 태풍이 근접한다는 말이 무색하게도 무척이나 맑았다. 다시 육지로 돌아가야 하는 날에 날씨가 맑은 게 안타까운 마음이 들었지만, 잠시라도 맑은 하늘을 볼 수 있다는 것 자체로 기쁨이어서 설레었다. 전날 함덕 쪽으로 이동한지라, 오늘은 함덕 서우봉이나 갈까 했는데 제주에 너무 빠듯한 일정으로 온 탓에 에너지가 이미 다 소진되어서 걸을 힘이 없었다. 그래서 묵고 있는 게스트하우스에서 잔잔히 일렁이는 바다를 구경하다 떠나기로 했다.

햇빛이 점점 더 강하게 내리쬐는 오후, 오랜만에 아무것도 하지 않고 시간을 보냈다. 졸리면 낮잠도 자면서. 정말 평화로운 시간이었다. 틈틈이 게스트하우스 테라스에 앉아 광합성하는 식물처럼 햇빛을 흡수하다, 문득 그런 생각이 들었다. 행복은 역시 가까이에 있다고. 이 섬에 있는 동안 계속 행복했다. 내 곁에는 오랜만에 마주하는 반가운 얼굴들이 있었고, 전날 친해진 새로운 얼굴들도 있었기에 더 바랄 게 없었다. 고개를 돌리니 누군가는 고스톱을 치고, 또 다른 누구는 바람 소리를 벗 삼아 책을 읽고 있었다. 모든 게 천천히 흘러가는 것 같은 풍경들을 물끄러미 바라보는 나. 이게 행복이 아니면 무엇일까. 한 폭의 그림 같은 풍경들을 마음속에 새기며 사람들에게 작별인사를 했다. 다음에도 이 섬에서 아름다운 모습으로 만날 수 있기를 바라면서.

경주

70세 할머니도
놀다 가는
동네 사랑방

경상북도 경주시 원효로163번길 41-2

https://blog.naver.com/todaybs959
http://cafe.daum.net/symbiosisbookshop
https://www.instagram.com/today_bookshop/

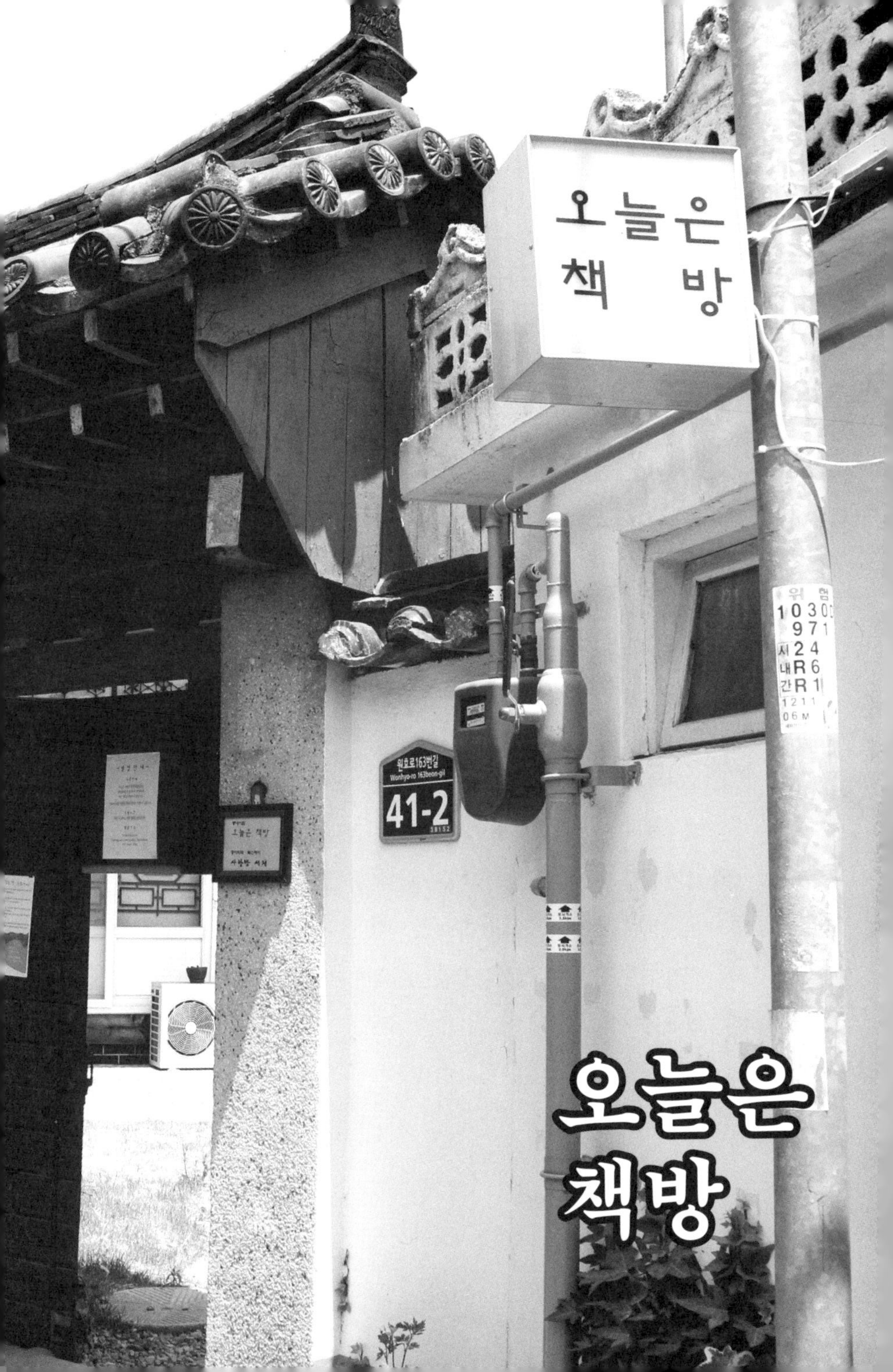

오늘은 책방

겨울 같지 않게 조금은 포근해진 날씨, 인터뷰를 위해 경주를 찾았다. 다른 계절에는 많이 왔지만, 겨울의 경주에 온 건 이번이 처음이었다. 약속 시간보다 조금 일찍 책방에 도착해 근처를 서성이고 있는데, 책방 안에서 누군가가 환영 메시지를 문 앞에 붙이는 것을 보았다. '석류님 어서 오세요:)'라고 쓰인 글자를 보자 아직 얼굴을 마주하지도 않은 두 사람에게서 보이지 않는 따뜻함을 느꼈다. 그 따뜻함에 용기 내어 책방의 문을 열었다. 책방의 문이 열리자 웃으며 반겨주는 얼굴. 그 미소에서 오늘의 인터뷰가 정말 따스하게 진행되겠다는 예감이 들었다.

젊은 부부가 운영하는 오늘은 책방. 인사에서부터 배어 나오는 분위기가 두 사람과 참 닮았다는 생각을 하며 본격적으로 인터뷰가 시작되었다. ▶

경주 오늘은 책방 대표 ● 원지윤&이준화

©오늘은 책방

—안녕하세요. 자기소개 부탁드립니다.

준화 안녕하세요. '오늘은 책방'을 운영하고 있는 이준화입니다.

지윤 공간을 돌보고 있는 원지윤입니다.

—원래는 책방 이름이 '오늘은 책방'이 아닌 '공생共生'이라는 이름으로 운영되었더라고요. 공생이라는 이름으로 처음에 운영을 시작하신 계기가 궁금해요.

지윤 공생은 책방을 오픈하기 전에 저희가 생각했던 가치였어요. 더불어 살아가는 삶을 책방에서 실현해보고자 하는 마음으로 공생으로 하려고 했는데, 그런 가치를 드러내고 하는 것보다는 은은하게 녹여내며 하는 게 더 좋지 않겠냐는 이야기를 해주신 분이 있어서 공생에서 이름이 바뀌었어요.

준화 남녀노소에게 편한 공간이었으면 하는 생각이 있었는데, 공생이라는 말이 한글을 잘 모르는 할머니나 어린아이들에게 어렵게 다가갈 수도 있어서 이름을 '오늘은 책방'으로 바꾸게 되었어요. 기차를 타고 여행하며, 책방 이름을 어떻게 할까 고민하다가 헨리 데이비드 소로의 『구도자에게 보낸 편지』에서 "하루의 질을 높이는 것이 가장 고귀한 예술이다"라는 대목이 문득 떠올랐어요. 사람들이 '오늘은 책방 가자!'라고 말하면서 책방에 놀러 오고 하루를 잘 보낼 수 있는 곳이면 좋겠다는 생각에 지금의 오늘은 책방이 만들어지게 되었습니다.

—보통 서점을 오픈하면 새 책이 중심이 되는 공간을 꾸리는데, 두 분의 공간은 새 책보단 헌책이 중심이 된 공간이라 천년 고도 경주의 이미지와 잘 어울린다는 느낌을 받았습니다. 새 책 서점도 아닌 헌책을 중심으로 하는 책방을 열게 된 이유가 있으세요?

준화 원래는 헌책방을 하려고 했다가, 헌책은 한 번 팔리면 다시 구하기가 힘들어서 새 책도 겸해야겠다는 생각이 들었어요. 헌책방을 저희가 생각했던 이유가 크게 두 가지가 있어요. 첫 번째는 환경이나 생태에 대한 부분이에요. 이미 존재하는 책들을 잘 활용해보고 싶었어요. 두 번째로는 헌책은 이미 누군가가 읽었던 책이기에 다음에 읽게 될 사람과 교감이 이어지는 느낌이 좋게 느껴졌어요.

—헌책과 새 책을 함께 판매하는 공간으로서의 장점은 무엇이라 생각하세요?

준화 새 책은 저희가 원하는 인문학이나 문학 서적을 구비할 수 있는 게 장점이고요. 헌책은 여러 사람의 마음이 깃들어 있고, 어쩌면 버려질 수도 있었던 책이 책방으로 건너와서, 다른 사람과 만날 수 있는 그런 부분들이 좋은 것 같아요.

지윤 헌책 판매도 겸하고 있기에, 저희에게 도움을 주려고 하시는 분들이 책을 기증해주시면서 일부러 책방을 한 번 더 방문해주시는 부분들도 장점인 것 같아요. 또 새 책은 마음 편하게 책장을 넘기기가 조심스러워지는 반면에, 헌책은 아무런 부담감 없이 책장을 넘길 수 있다는 점도 좋고요.

—지윤 님은 원래 경주분이신가요? 책방 준비과정 글을 읽으니 준화 님은 원래 경주분은 아니시던데 두 분이서 경주라는 지역에 자리를 잡고 책방을 열겠다고 결심하게 된 계기가 궁금하네요.

지윤 아니요. 저도 경주 출신은 아니에요. 제가 대학생 때 부모님이 경주로 이사를 오셨어요. 그래서 저도 부모님을 뵈러 종종 경주에 오곤 했었는데, 그때 마주했던 경주의 느낌들이 너무 좋더라고요. 책방을 하면 경주에서 하고 싶다는 생각이 들 정도로요. 그래서 준화 씨를 꼬드겨서 경주에 책방을 열게 됐어요.

둘 중 한 명은 경주 출신인 줄 알았는데, 반전이었다. 내가 경주에 발걸음할 때마다 정말 아름답고 좋다고 느꼈던 것처럼, 그들도 그렇게 느껴서 이 도시에 자리를 잡게 되었나 보다. 이렇게 타지 사람들을 끌어당기는 힘이 강한 걸 보면 경주는 블랙홀 같은 도시가 아닐까?

—책을 좋아하는 사람은 많지만, 서점이라는 공간에서 막상 일하는 사람은 생각보다 많지 않은데 서점을 오픈하게 된 이유도 듣고 싶네요.

준화 저는 지윤 씨가 하자고 꼬셔서 하게 됐어요. (웃음)

지윤 (같이 미소를 지으며) 대학 졸업을 하고 나서 뭘 해야 될지 고민을 하던 시기가 있었어요. 사랑방처럼 따뜻한 공간을 만들고 싶은 생각은 있었는데, 그 공간을 무엇으로 채워가야 할지 잘 모르겠더라고요. 그러던 차에 태백의 철암 도서관을 가게 되었고, 그곳에서 책에 관한 다양한 활동을 하게 됐어요. 그때 딱 느꼈어요. '아, 책으로 사람을 만나는 일이 이렇게나 즐겁구나'라는 걸요. 그때 책방을 운영해야겠다는 확신이 들었어요. 그래서 준화 씨한테도 같이 책방을 하자고 꼬드겼고요.

—인스타그램과 블로그를 넘어서 다음 카페까지 운영하고 계신데, 카페를 만들게 된 이유는 무엇인가요?

준화 인스타그램이나 블로그는 기록이 쌓이는 곳이 아니라 그때그때 보여지고 소비되는 곳인 데 반해서, 다음 카페는 게시판을 세분화해서 운영할 수 있어요. 도서 기록들을 카테고리별로 저장할 수 있는 장점이 있어서 카페를 만들게 됐어요. 그리고 동네 아이들이나 동네에서 이루어지는 활동들을 외부에 직접 노출하기보다 카페라는 하나의 공간 안에서만 접할 수 있게 운영하고 있어요.

구미의 삼일문고도 기록의 저장을 위해 홈페이지를 운영하고 있듯이, 오늘은 책방도 시간이 지나면 흘러가버리는 소식이 아닌 차곡차곡 책방에 관한 데이터들을 모아가기 위해 카페를 운영하고 있었다. 공개적으로 운영되는 SNS에서는 개인정보가 무방비로 노출되기가 쉽다. 반면에 카페는 회원제로 운영되기에 좀 더 개인의 이야기들이 보호받을 수도 있을 터다. 이래저래 관리하기 번거로운 면도 많을 텐데 대단하다는 생각이 들었다.

—두 분은 같은 학교에서 사회복지를 전공하셨다고 들었습니다. 책방을 운영하면서 사회복지라는 전공을 어떻게 살리고 있는지 궁금한데요. 이야기해주시면 좋을 거 같아요.

준화 사실, 제가 책방을 운영하면서도 아직 책에 대해 모르는 부분들이 많아요. 그래서 책을 잘 소개하는 것도 중요하지만, 책방이라는 공간을 통해서 사람들이 잘 어우러졌으면 좋겠다는 생각을 했어요. 그래서 책방을 통해서 여러 모임을 진행하는 것도 그런 부분들의 하나의 연장선이고요. 그리고 방학마다 동네 아이들과 여름방학, 겨울방학 프로그램을 진행하고 있어요. 이건 책방 운영시간 외의 시간에 진행이 되는 활동인데요. 아이들의 자립심과 여러 사람들과의 소통을 통해 지역에서 더불어 사는 삶을 살 수 있도록 하는 활동이에요. 지난번엔 아이들과 함께 안동의 권정생 선생님 생가도 다녀왔고, 이번에는 태백으로 기차여행도 다녀올 예정이에요. 단순한 기차여행이 아닌, 아이들 스스로 기차표도 예매하고 본인들의 여행 계획서 작성을 통해서 부모님이나 선생님의 격려편지나 여행 후원금을 받도록 하면 좋겠다는 생각에 아이들이 직접 그 활동들에 주체적으로 참여할 수 있게 도와주고 있어요.

> 책방 운영 외의 시간에 이런 활동들을 한다는 건 결코 쉽지 않은 일이다. 오롯이 자기만의 시간을 쓰고 싶은 욕망도 강렬할 텐데, 아이들과 방학 활동을 진행한다니. 공생이라는 이름을 실현하며 사는 두 사람의 모습에 감탄하지 않으려야 않을 수가 없었다. 한창 감탄하며 듣고 있는데, 이어지는 지윤 님의 말에 더욱 감탄하고 말았다.

지윤 최근에 책방에서 저자와의 대화를 진행했었어요. 『신라 탐정 용담』이라는 책인데요. 황룡사를 배경으로 한 역사 추리소설이에요. 아이들이 읽기 좋게 아이들의 눈높이에 맞춰 쓴 책이에요. 출판사에서 먼저 저자와의 대화를 제안해주셨는데, 저희가 출판사에 역제안을 드렸어요. 아이들 책이니만큼 기존의 저자와의 대화와는 달리 아이들이 직접 저자를 섭외하고, 저자와의 대화를 준비해나가는 형태로 했으면 좋겠다고요. 흔쾌히 출판사에서 수락해주셔서 아이들이 섭외를 위해 대본도 쓰고, 직접 저자에게 전화도 드리고 그랬어요. 저자와의 대화를 진행했을 때 재미있는 부분이 있었는데요. 아이들이 직접 모금함 통을 만들었어요. 모금함 통에 모인 성금을 저자와의 대화가 끝나고 아이들의 편지와 함께 작가님에게 전달해드렸는데 작가님이 정말 좋아해주셨어요. 작가님이 나중에 아이들 한 명 한 명에게 손수 답장 편지도 써주셨고요.

기존의 저자와의 대화의 틀을 깨트린 새로운 형식의 저자와의 대화. 기존의 저자와의 대화는 출판사와 책방이 일대일로 연락을 취하며 준비를 해나가는 반면, 오늘은 책방은 전혀 다른 방식으로 저자와의 대화를 준비해냈다. 아이들이 직접 저자를 섭외했다는 것. 생각지도 못한 새로운 진행

방식에 뒤통수를 한 대 얻어맞은 느낌이었다. 조금은 생경할 수도 있지만 아이들 스스로가 주인이 되어 이러한 활동들을 통해 자신감을 얻고, 주체성을 키워나갔을 모습을 상상하니 마음이 절로 몽글몽글해지는 느낌이 들었다.

—책방을 경주에서 운영하면서 힘든 부분들이 있나요?

준화 경주에서 운영해서 힘든 건 없는 것 같아요. 서점이어서 짊어져야 할 것들은 있는 것 같지만요. 온라인 서점이 활성화된 시대여서 오프라인에서는 책만으로는 마진율이 남기 힘든 구조가 가장 힘들어요. 저는 경주에서 서점을 운영해서 어려운 부분보다 좋은 점이 더 많다고 생각해요. 경주는 산책하기 좋은 도시예요. 책과 산책은 정말 잘 어울리거든요. 저희가 책방을 내고 난 뒤에, 경주에 책방도 더 생겨서 다른 책방지기님들과 함께 고민을 나눌 수 있는 것도 좋고요.

—다른 서점과는 차별화된 오늘은 책방만의 색깔은 무엇일까요?

지윤 저희 책방만의 차별화된 점이 뭘까 생각을 좀 해봤었는데요. 부담 없는 모임 참여가 아닐까 싶어요. 숙제 같은 모임이 아닌, 아무런 준비 없이 와도 스스럼없이 함께할 수 있는 그런 거요. 그리고 어른들만의 모임이 아닌 연령대에 상관없이 모두가 어울릴 수 있는 형태의 모임요. 모임을 진행한다고 해서 아이를 집에 떼놓고 어른만 오는 게 아닌, 아이도 모임의 한 일원으로서 함께 어울려 가면서 참여할 수 있는 부분요.

준화 어른과 아이를 분리하는 모임이 아니라, 서로 불편한 점이 있더라도 기꺼이 서로를 받아들이고 할 수 있는 그런 형태의 모임이 저희만의 색깔이 아닐까요.

지윤 저번에 낭독회를 했는데, 가족 단위로 오신 분들이 많았어요. 그래서 낭독자도 아이들이 쉽게 이해할 수 있는 책을 낭독해주셨는데 아이들이 그걸 듣고 깔깔 웃으며 즐거워하는 모습이 좋았어요. 어른들도 항상 아이들에게 책을 읽어주기만 했지, 듣고만 있는 기회는 흔치 않잖아요. 듣는 즐거움도 이러한 기회를 통해 함께 느끼고요.

오늘은 책방이 추구하는 형태인 공생의 철학이 잘 녹아 있는 모임의 모습들을 머릿속으로 떠올리자, 마치 추운 겨울 난롯가에 옹기종기 모여 앉아 따스함을 나누는 이미지들이 자동으로 연상되는 느낌이 들었다.

—책방을 운영하면서 기억에 남는 에피소드가 있다면 무엇일까요?

준화 책모임 하는 날의 풍경이었는데요. 멀리 경기도에서 여행 오셨던 분이 있는데, 책모임에 참여하고 싶다고 모임 날 맞춰서 일부러 경주에 다시 내려오셨어요. 그날, 서울에서 대학을 다니는 딸에게 소개를 해주고 싶다고 따님과 함께 책방에 오셨어요. 또 한 분은 다섯 살짜리 아이와 함께 손을 잡고 오셨고, 다른 한 분은 70대 할머니가 오셨어요. 이렇게 각자 오고 싶은 이유가 분명했고, 그 풍경 속에서 모두가 잘 어우러진 모습이 정말 좋았어요.

　　같은 지역도 아닌, 일부러 먼 지역에서 책모임을 위해 찾아올 정도라니. 놀라웠다. 오늘은 책방의 모임은 서로 다른 지역을 잇는 하나의 연결고리가 되어 독자들의 징검다리로서 그들의 방문을 기다리고 있었다. 이렇게 하기 위해서 두 사람이 기울인 노력은 감히 말로 설명하기엔 부족하지 않을까. 기회가 된다면 나도 책모임에 참여하기 위해 다시 경주에 발걸음을 해봐야겠다.

—이제껏 살아오면서 읽은 책 중 내 인생의 행운 같은 책이 있나요? 두 분이 한 권씩 소개해주시면 좋겠습니다.

지윤 저는 『천천히, 스미는』요. 영미 산문집이에요. 여러 작가들의 글이 실려 있는데, 삶에 대해 어떻게 바라보는가가 이 책을 관통하는 주제 같아요. 책에 실린 글 중에 제임스 에이지의 글이 기억에 남아요. 삶에는 밀물과 썰물이 있고, 살아가는 데는 운율이 있다는 부분이 정말 좋았어요. 출간된 지는 그렇게 오래되진 않았지만, 처음 책장을 펼치자마자 이 책을 두고두고 계속 읽고 싶다는 생각을 했어요. 몇 번을 읽어도 좋았거든요. 이런 괜찮은 한 권의 책을 아는 것만으로도 내 삶은 괜찮은 삶이겠다는 생각도 들었고요.

준화 저는 권정생 선생님의 『우리들의 하느님』요. 글을 잘 쓸 수 있는 사람은 많지만, 글대로 사는 삶은 흔치가 않잖아요. 말을 멋지게 하는 사람은 많지만, 말대로 사는 삶도 흔하지 않고요. 권정생 선생님은 글대로, 말대로 삶을 사셨던 분 같아요. 그런 부분에서 저는 이 책을 읽고 먹먹하기도 하고 제 자신에게 부끄러운 감정도 들었어요. 저는 읽은 사람으로 하여금 부끄러운 감정을 들게 하거나, 책으로 인해서 작은 부분이라도 변화할 수 있다면 좋은 책이라고 생각하거든요. 그런 면에서 『우리들의 하느님』을 만난 건 행운이라고 생각해요.

—만약 책을 읽지 않으시는 분이 지나가다 우연히 오늘은 책방에 들렀어요. 그분이 책을 추천해달라고 말한다면 어떤 책을 추천해주고 싶으세요?
준화 저는 『우리들의 하느님』요.
지윤 저는 『시의 문장들』요. 판형도 작고, 가볍고, 내용도 흥미롭더라고요.

처음 책에 입문한다면 두껍고 무거운 책보다는 가볍게 언제든 꺼내어 읽을 수 있는 책이 부담 없이 접근하기 좋긴 할 테다. 지윤 님의 답변은 그런 부분을 고려한 추천 같았다. 이제 질문이 몇 개 남지 않았다. 내 생각보다 빠른 속도로 인터뷰가 진행되고 있어서 아쉬움이 들었다.

—오늘은 책방이 경주의 오늘에서 어떤 역할을 하고 있다고 생각하세요?

지윤 책방에 자주 오시는 손님 중에 40대 손님이 계시는데, 그분은 책방이 놀이터라는 생각을 하고 계신대요. 책방에서 모임도 함께하고, 가족들도 같이 놀러 와서 지내고 그러세요.

준화 책모임을 할 때, 모임에 참석하는 분 중에 70대 할머니가 계세요. 책모임 하는 날은 그분의 나들이 날이에요. 옷도 예쁘

게 차려입고, 외출 나오는 김에 친구분도 만나고요. 모임에 오시면 항상 간식 같은 것도 챙겨 오시곤 하세요. 저희가 책모임이 있을 때면 문자로 안내를 드리는데, 그 김에 종종 통화도 하면서 서로 안부도 나누곤 해요.

경주의 오늘에서 이미 동네 주민들의 사랑방으로 자리 잡은 오늘은 책방의 발걸음을 보자 입가에 미소가 피어났다. 지윤 님이 처음에 꿈꾸었던 사랑방의 형태는 스며들듯 서서히 책방 안에서 완성형으로 만들어지고 있었다. 누군가에겐 놀이터이자, 또 다른 누군가에겐 나들이 장소로 말이다. 이쯤에서 이들이 생각하는 이상적인 서점은 무엇인지 궁금해졌다.

—두 분이 생각하는 이상적인 서점은 어떤 것일까요?

준화 서점이란 공간이 운영을 해보니, 생각보다 문턱이 높더라고요. 책을 가까이하지 않는 사람들은 들어오기가 어렵고, 그렇다고 해서 문턱을 너무 많이 낮추면 책이 주가 되지 않고 다른 게 주가 되는 공간이 되어버릴 수도 있고요. 남녀노소 누구나 편히 드나들 수 있는 공간이 이상적이지 않을까요. 편의점 가듯이 편하게 드나들 수 있는 그런 공간이요.

편의점이라니. 너무도 참신하고 신선한 대답이었다. 편의점과 가깝게 지내지만, 한 번도 책방을 편의점에 빗대어 이렇게 생각해본 적은 없었다. 정말 편의점 가듯이 누구나 편히 드나들 수 있는 공간으로 서점이 존재한다면 얼마나 좋을까. 이것이야말로 모든 서점원이 꿈꾸는 이상향의 모습이리라.

—매일 책방 문을 열며 어떤 생각들을 하세요?

지윤 '오늘은 어떤 손님이 오실까'라는 생각을 많이 해요. 책방에 책을 사러 오는 분들도 있지만, 책 구입 외의 다른 구실로 책방에 드나들 수 있는 게 있으면 좋겠다는 생각에 모임을 많이 만들고 진행하게 됐거든요. 매일 다른 모임이 진행되다 보니, 어떤 분들이 방문하실까에 대한 설렘이 있어요.

> 책방의 문을 열고, 어떤 손님들이 방문할지에 대한 설렘이 가득한 기다림의 순간들. 드문드문도 아닌 매일 모임을 진행하는 건 에너지가 많이 필요한 일일 텐데, 이들처럼 밝은 에너지로 문을 열고 책방을 지키는 책방지기가 있기에 오늘은 책방의 오늘뿐만 아니라 내일도 기대가 된다.

—경주에 온 여행자들에게 추천해주고 싶은 여행 관련 도서가 있으신가요?

준화 생텍쥐페리의 『인간의 대지』를 추천하고 싶어요. 밤의 사하라 사막에서의 모습이나 삶과 죽음에 대한 부분도 잘 담겨있어서 여행하면서 읽기 좋은 책인 것 같아요. 여행을 충만하게 할 수 있는 책이라고 생각해요.

—경주에서 꼭 가보아야 할 숨겨진 명소가 있다면 어디일까요?

준화 진평왕릉이요. 걸어서 가기는 조금 먼 거리라 자전거나 차를 이용해서 가야 하는 게 단점이지만, 산책하기도 좋고 공간도 넓고 나무도 많아서 봄가을에 나무 밑에 앉아 책 읽기 좋아요. 특히 가을에 진평왕릉 주변의 황금들녘을 보면서 자전거를 타면 정말 좋아요. 특유의 고즈넉한 분위기도 매력적이고요. 그리고 그림책 서점 '소소밀밀'도 추천하고 싶어요.

경주에 방문했을 때 숱한 왕릉들을 보았지만, 진평왕릉은 내겐 미지의 이름이었다. 아직 가보지 못한 왕릉이어서인지 얼른 그곳에 가보고 싶었다. 잘못 들으면 밀면집 이름과 헷갈릴 수도 있는, 그림책 서점 소소밀밀도 궁금하고. 경주에서 아직 가보지 못한 곳들이 있다는 게 참 좋다. 겨울의 경주를 천천히 음미하고 주말을 흘려보낼 수 있으니까.

◀첫인사는 다소 어색했지만, 이야기를 나눌수록 두 사람이 조금씩 편하게 느껴졌다. 그리고 책방을 통해 공생의 가치를 실천하며 사는 두 사람의 삶이 부럽고 멋있게 다가오기도 했고. 글은 걷는 것과 같다던 준화 님의 말처럼, 경주라는 도시를 이제껏 빠르게 달린 내게 오늘은 책방은 걸어 다니며 풍경을 보는 느낌을 안겨주었다. 책방 문을 열며 설렘도 있지만 분명 두려움도 있을 텐데 그 두려움을 설렘의 힘으로 바꾸어 이겨내는 두 사람의 모습에서, 경주의 오늘에서 오늘은 책방이 커다란 존재감을 가진 공간으로 계속 자리할 수 있을 거란 확신이 들었다.¶

고즈넉한 산책 명소, 진평왕릉

오늘은 책방에서 추천해준 진평왕릉. 교통편이 편한 곳이 아닌지라 차가 없으면 가기 힘들다고 했는데, 운이 좋게도 차가 있는 일행이 경주로 넘어와 함께해준 덕분에 수월하게 진평왕릉으로 갈 수 있었다. 계절이 겨울이라 비록 황금들녘을 볼 수는 없었지만, 진평왕릉을 둘러싼 특유의 고즈넉한 분위기는 단숨에 나를 사로잡았다. 선덕여왕의 아버지 진평왕. 아버지를 조용하고 경치 좋은 곳에 모시고 싶었던 건지, 진평왕릉은 널찍하고 탁 트인 경치를 자랑했다. 왕릉 주변에는 소나무가 참 많이 눈에 띄었는데, 바람만 불지 않으면 소나무 아래에 돗자리를 깔고 책도 읽고 낮잠도 자고 싶었다. 이번에는 날씨도 날씨지만, 돗자리도 없었기에 아예 시도조차 할 수 없었던 게 아쉽지만.

진평왕릉 주변을 천천히 산책 삼아 걷는데, 벤치 하나가 눈에 들어왔다. 벤치에 글귀가 박혀 있어서 좀 더 가까이 다가가보니, 달빛이라는 제목으로 진평왕릉에 대한 시가 담겨 있었다. 시의 내용처럼 진평왕은 달과 소나무를 벗 삼아 잠들며 풀벌레들의 노랫소리를 들었으리라. 시의 영향인지 날씨가 따스하게 풀리는 봄날, 이곳을 다시 찾고 싶은 욕망이 간절해졌다. 시처럼 나도 돗자리 위에 누워 풀벌레들의 노랫소리를 들으며 나른하게 책장을 펼치고 글자들을 눈 속에 하나하나 새기고 싶다. 햇볕이 따뜻한 봄날, 경주에 오면 발걸음 할 곳이 하나 더 늘었다. 봄날을 기다리며 마음속으로 진평왕에게 인사를 건네고, 기분 좋게 진주로 발걸음을 돌렸다.

달빛

진주

연락만 하면
불량한 책방지기가
문 열어드립니다

https://www.facebook.com/sosobookshop/
https://www.instagram.com/_sosobook_/

📍 경상남도 진주시 망경북길 28

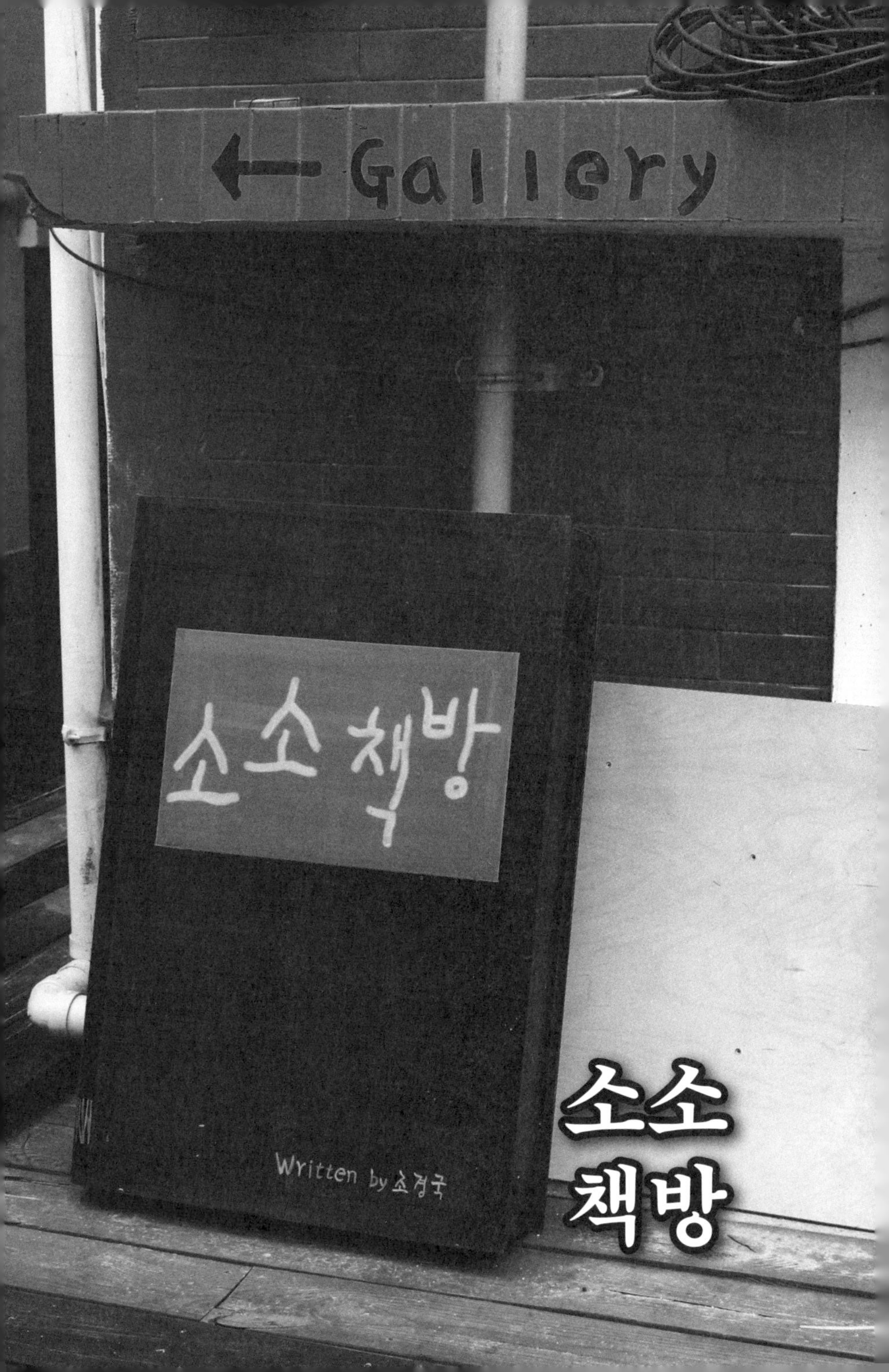

소소 책방

여러 도시를 거쳐 서점 프로젝트의 마지막 이야기를 담을 도시로 진주를 선택했다. 진주를 선택하자 고민할 새도 없이 한 사람이 바로 떠올랐다. '조방주'라는 별명으로 불리는 소소책방 책방지기, 조경국 씨가. (조방주는 무협지에 나오는 방파처럼 소소책방이 느껴진다 해서, 방파의 주인이란 뜻에서 붙여진 별명이다.) 항상 마주칠 때마다 웃음을 잃지 않고 쾌활한 모습으로 사람들을 대하는 그의 이야기가 이제껏 무척이나 궁금했다. 그래서 비가 촉촉이 대지를 적시는 어느 오전, 그의 이야기를 듣기 위해 힘차게 소소책방의 문을 두드렸다. ▶

─안녕하세요. 먼저 자기소개부터 부탁드립니다.

안녕하세요. 저는 2013년 11월 11일부터 소소책방을 운영하고 있는 조경국입니다.

진주 소소책방 대표●조경국

©배킹호

—책을 좋아하는 사람은 많지만, 서점이라는 공간에서 막상 일하는 사람은 생각보다 많지 않은데 책방을 열게 된 이유가 있으세요? 그것도 새 책 서점이 아닌 헌책방을요.

고등학생 때 컴퓨터 게임을 정말 좋아했어요. 학생이다 보니 새걸 사기에는 돈이 부족해서, 용돈을 모아 헌책방에 가서 과월호 컴퓨터 잡지를 사서 모으는 게 취미였어요. 그때까지만 해도 진주에 헌책방이 여덟 군데가 있었어요. 용돈을 받으면 자전거를 타고 그 여덟 군데 헌책방을 다 돌았어요. 그중에서도 제일 자주 갔던 서점이 중앙서점이었고요. 그다음이 문화서점이라는 곳이었는데요. 그 시절에 헌책방을 갔던 기억이 너무 좋게 남아 있어서, 그래서 어른이 되면 헌책방을 해봐야겠다고 생각하게 됐죠. 헌책방을 한다는 건 저의 오랜 꿈과도 같은 일이었어요.

—소소책방 하면 부엉이가 바로 떠오릅니다. 부엉이를 책방의 시그니처로 삼게 된 이유가 있을까요?

책과 관련된 간판을 만들려고 생각하다 보니 부엉이가 떠올랐어요. 지혜의 여신 미네르바도 부엉이를 항상 데리고 다니니, 지식들이 담겨 있는 책과 어울린다 싶었고요. 그래서 책 읽는 부엉이를 로고로 만들기 위해 큰딸에게 그려달라고 부탁을 했죠.

—따님에게 로고를 부탁한 이유가 있나요?

서툴러도 딸이 그려주면 더 의미가 있겠다 싶었죠. 안 그리겠다고 하는 걸 타로카드를 사주고 꼬드겨서 그리게 했어요. 수십 마리의 부엉이들을 그렸는데, 그중에서 하나를 뽑아서 예전에 같이 일하던 곳의 디자인 팀장님께 맡기고 최종 디자인으로 완성시켰어요.

소소책방의 로고에는 책 읽는 부엉이가 있다. 부엉이가 로고에 있다 보니, 책방의 곳곳에도 숨은 부엉이들이 눈에 띈다. 이제까지 부엉이 로고를 누가 그려준 건지 궁금했는데, 딸이 그렸다는 사실에 놀랐다. 그의 말처럼 딸의 손길이 녹아 있기에 소소책방의 로고는 단순한 로고 이상의 의미를 지니는 느낌이다.

—소소문고라는 이름으로 출판사를 만들어 『손바닥에 쓰다』를 시작으로 『소소책방 책방일지』, 『숨』, 『환자의 나날』, 『모든 시도는 따뜻할 수밖에』

들을 펴내셨는데요. 직접 출판사를 만들어 책을 펴내게 된 이유가 있나요?

소설 쓰기 모임인 '손바닥에 쓰다'라는 모임을 하고 있어서 활자로 결과물을 남기기 위해서 두 권의 소설집을 만든 게 출판사의 시작이에요. 그 이후에 100명 정도 정기구독자를 모집해서 4만 원을 받고 책을 네 권 보내드리는 프로젝트를 시작했죠. 원래부터 책방 일지를 만들고 싶었기에 『소소책방 책방일지』를 시작으로 네 권의 책들을 만들었어요. 처음엔 누군가에게 원고를 받아서 책을 만든다는 게 불가능할 것 같아서 제가 쓴 글로 책들을 만들려고 했어요. 책방 일지를 내고, 오토바이 타고 일본 여행 다녀온 걸 그다음에 내고, 소설 쓴 걸 내고, 그 외에 다른 한 권을 내려고 했죠. 『소소책방 책방일지』를 내고, 다음 책을 만들려고 준비하고 있는데 우연히 박성진 씨를 만나게 됐어요. 근데 그분이 시를 쓰신다는 거예요. 그래서 원고를 보여달라고 했는데, 시가 너무 좋은 거예요. 아, 이렇게 좋은 원고가 있는데 굳이 내 글로 책을 만들지 않아도 되겠다 싶었어요. 나머지 분들의 책도 마찬가지예요. 원고가 너무 좋았어요.

소소문고에서 나온 책들을 읽어보았는데, 전부 매력적이었다. 원고도 좋지만, 디자인도 우수했고, 얼마나 많은 시간과 정성을 들여 책을 만들었는지가 책장을 넘길 때마다 와닿았다. 그중에서도 제일 눈길이 갔던 건 역시 『소소책방 책방일지』였다. 이 책에 대한 궁금증이 담긴 질문을 그에게 던졌다.

—『소소책방 책방일지』를 들여다보면 나중에 출간되는 책들의 미리 보기 버전 같다는 생각이 들어요. 예를 들어 필사에 대한 이야기, 서재에 대한 이야기, 『아폴로책방』에도 실린 소설들요. 그런 부분들을 염두에 두고 책을 쓰셨는지 궁금해요.

그렇지는 않고요. 『소소책방 책방일지』는 제가 책방 홈페이지에 올렸던 글들을 묶어서 낸 거예요. 뒤에 썼던 글들과 아예 연관이 없을 수는 없지만요. 이 책 같은 경우는 무크지 형식으로 1년에 두 번 정도 꾸준히 묶어서 내고 싶었었어요. 그래서 이런저런 내용들이 다 들어갔죠. 그런데 비용도 만만치 않고 책을 파는 것도 힘들어서 시도하기가 쉽지가 않더라고요. 『오토바이로, 일본 책방』은 일본 여행 갔을 때 쓴 일기들을 책방지기 정도선 씨가 유유 출판사 대표님에게 소개해주셔서 인연이 되어서 만들게 되었죠. 『필사의 기초』 같은 경우는 사실 쓸 계획은 없었는데, 우연한 기회에 쓰게 되었던 책이에요. 유유 출판사 대표님과 이야기를 나누다가 필사에 대한 이야기가 나와서 제가 한번 해보겠다고 말해서 작업이 시작되었어요. 『완벽한 서재를 꿈꾸다』도 『필사의 기초』처럼 우연한 작업이었어요. 이 책은 『소소책방 책방일지』와 관련 있는데, 유유 출판사 대표님이 책방 일지를 읽고 항상 책 정리하는 게 끝이 없어서 부담스러운데, 혹시 책 정리와 서재에 관한 글을 쓸 생각이 있냐고 물어보시더라고요. 기회가 왔으니 흔쾌히 하겠다 했죠.

─『소소책방 책방일지』에는 1월부터 5월까지의 이야기만 담겨 있잖아요. 만약 시즌2가 나온다면 6월부터 12월까지의 이야기가 실리면 재밌을 것 같아요. 『소소책방 책방일지』 시즌2 출간 계획은 없으신가요?

책에 관한 잡지를 만들고 싶은 욕심이 있어서 어떻게든 만들어보고 싶은 마음은 있어요. 그렇지만 힘들 것 같아요. 만드는 비용도 큰 문제고요.

비용에 대한 이야기를 하는 그의 목소리에서 아쉬움이 묻어 나왔다. 한 권의 책을 만드는 데는 시간도 많이 걸리지만, 비용도 만만치 않게 들어간다. 그가 쓴 글을 워낙 재미나게 읽었던지라, 쉽지 않겠지만 언젠가 시즌2도 볼 수 있으면 좋겠다는 바람을 품어본다.

─그 전에도 사진에 관한 책과 페이스북에 관한 책들을 쓰셨지만, 『소소책방 책방일지』가 본격적인 첫걸음이라는 생각이 드는데요. 이후로 『필사의 기초』, 『오토바이로, 일본 책방』, 『아폴로책방』, 『완벽한 서재를 꿈꾸다』까지 다 다른 느낌의 글을 쓰셨어요. 다 조금씩 다르지만, 책이라는 결은 공통적이라는 생각이 들어요. 조방주님에게 있어서 원고를 쓸 수 있는 동력으로서 책은 어떤 작용을 한다고 생각하시나요?

어떤 글을 쓰든지 간에 책은 기초자료라고 생각해요. 책을 읽어야만 글을 쓸 수 있으니까요. 저는 제가 좋아하는 관심사에 대한 책들은 항상 수집을 해요. 수집해서 읽는 것들이 글을 쓸 때 도움이 많이 되죠. 특히 수집하는 것들이 있는데요. 책, 서점, 오토바이, 역사, 도구, 그림, 사진 등의 주제에 관한 책은 빼놓지 않고 모으는 편이에요.

—헌책들의 재고 관리는 어떻게 하세요?

헌책방 같은 경우는 어떤 책이 팔릴지를 알 수가 없기 때문에 재고 관리라는 게 모호해요. 언제 어떤 책이 나가게 될지를 예측하기가 힘들다 보니 함부로 책을 정리할 수도 없고요. 일단 인문, 사회과학, 예술 위주로 책들을 매입해서 가져다 놓는 편이에요. 예전에는 헌책을 따로 전문적으로 도매해주는 분도 많이 있어서 훨씬 수월했는데, 지금은 헌책방이 계속 문을 닫으면서 그런 분들도 줄어들어서 더 힘들죠.

> 새 책방도 언제 어떤 책이 팔릴지 예측하기 힘든데, 헌책방은 더하겠지. 게다가 헌책방의 특성상 책이 나가고 나면 동일한 책을 다시 들여놓기도 힘들다. 이렇게 예측 불가한 헌책방의 세계에서, 헌책이 책방에 들어오면 그는 재생 작업을 어떤 식으로 하고 있을까 궁금해졌다.

—새 책과 달리 헌책은 책방에 들어오면 재생 작업을 해야 하는 것들이 있어서 번거로울 텐데, 조방주님만의 오염된 책을 재생시키는 노하우가 있나요?

지우개를 사용해서 지워지는 부분들은 지우거나, 그 외에도 약간의 보수 작업을 거치는 책들이 있어요. 그런데 이건 지우면 안 되겠다 싶은 책들이 종종 있죠. 메모해놓은 것이 도리어 가치를 높이는 책들이 있거든요. 그 메모들로 인해서 더 빛나는 책들이요. 노하우는 따로 없고요. 요새는 동영상 플랫폼이 워낙 발달해서 유튜브에서 망가진 책을 수리하는 법을 쉽게 영상으로 볼 수 있어요. 『느릿느릿 배다리씨와 헌책수리법』이라는 책을 보면 가장 기본적인 책 수리에 관한 내용이 나와요. 책 수리를 한다면 그런 부분을 참고하면 좋을 것 같네요. 저는 보통 수리할 때 휘발유, 풀, 지우개, 헤어드라이기처럼 생긴 열풍기 등을 많이 사용하는 편이에요. 근데 그 정도로 시간을 들여 수리를 하게 되는 책이라면 제가 먼저 소장하고 싶어서 하게 되는 경우가 많은 것 같아요.

재생 작업을 하면 무조건 다 지우는 줄 알았는데, 의외였다. 메모가 가치를 되레 높이는 책도 있다니. 신기하게 느껴졌다. 그러한 점들은 새 책은 결코 가질 수 없는, 헌책만이 가지는 하나의 매력 포인트가 아닐는지.

—헌책이다 보니 책이 들어올 때 책에 끼어 있는 다른 물건들도 많을 것 같은데요. 그런 것들은 어떻게 하세요?

보통 책갈피가 가장 많이 나오는데, 책갈피 같은 경우는 보관 상자를 하나 만들어 모아놓고 있어요. 얼마 전에는 책을 펼쳤더니 책 안에서 합격 부적이 나오기도 했어요.

상자 속에 차곡차곡 모인 서로 다른 디자인의 책갈피들을 생각하니 마음이 묘하게 몽글몽글해졌다. 버릴 수도 있는데 모아놓는 그의 마음도 따뜻하고. 마치 내가 책갈피가 된 듯이 포근한 기분에 휩싸이는 순간이었다.

ஃ

—자칭 불량한 책방지기로 본인을 표현하시곤 하는데, 그렇게 표현하는 이유가 있나요?

제가 책방을 자주 비우고, 아는 분들에게 책방을 맡기는 일도 잦거든요. 가만히 책방에 앉아 있는다고 해서 책방이 유지되지도 않기 때문에, 여러 일들을 하느라 자주 책방을 비우게 되더라고요. 주로 밖에서 작업하는 일이 많다 보니 책방에 붙어 있는 시간이 많이 없어요.

책방을 유지하기 위해서 책방 밖의 일들을 해야 한다는 것은 얼마나 아이러니한 일인가. 그러나 그 사실이 결코 슬프지만은 않게 들린 건 책방을 계속 이어나가고자 하는 그의 강한 의지 때문이리라.

—진주에서 여러 소모임을 많이 하셨어요. 소설, 사진전 관람, 그림, 온라인 필사 모임 등. 그중에서도 소설 모임인 손바닥 모임이 결과물로 친다면 가장 뚜렷할 것 같아요. 소소문고에서 『손바닥에 쓰다』도 내셨고, 『아폴로 책방』도 내셨으니까요. 손바닥 모임은 어떻게 시작되었나요?

소설은 쓸 때 재밌고 치유되는 느낌이 있었어요. 책방에서 모

임을 하나 하는 것도 필요하겠다 싶기도 했고요. 혼자 쓰는 거
보단 같이 모여서 낭독도 하고 각자 쓴 걸 읽고 하면 재밌겠다
싶더라고요. 처음에는 소설에 관심 있는 다섯 명으로 모임을
시작했는데, 더 늘어나서 여덟 명을 넘겼죠. 연달아 창작한다
는 것도 쉬운 일이 아니어서 3개월 단위로 하고 방학처럼 쉬
는 기간을 가졌어요. 2년 넘게 모임을 진행했는데요. 중간중
간 쉬지 않았다면 모임이 오래가지 못했을 거예요. 쉬는 기간
들이 소설을 쓰기 위한 충전의 시간이 되더라고요. 지금은 다
들 바쁘고 해서 모임이 따로 진행되고 있지는 않아요.

> 나도 한때 그와 함께 소설 모임을 했었다. 그때 단편들을 꽤나 많이 썼었
> 는데, 내 글을 낭독해가며 누군가와 나눈다는 사실이 참 재밌었다. 다시
> 또 기회가 된다면 함께 모여 소설을 쓰고 싶다.

—소소책방을 오픈하시면서 굵직한 버킷리스트들을 정하셨어요. 콧수염
기르기, 오토바이 면허증 따기, 책방 찾아 세계 여행하기 등. 콧수염도 기
르셨고 오토바이도 타시니 이제 마지막만 남았네요. 곧 오토바이를 타고
유라시아로 여행을 떠나신다고 들었어요. 유라시아 여행의 목표가 포르투
갈의 렐루 서점Livraria Lello이라는 이야기를 들었는데요. 유라시아 여행 계획
에 대해서도 살짝 들려주시면 좋을 것 같아요.

버킷리스트는 마흔이 되면서부터 1년에 세 개씩 정해왔어요.
마흔 되던 해의 버킷리스트가 콧수염 기르기, 오토바이 면허

증 따기, 책방 여행이었어요. 버킷리스트를 정할 때 두 가지는 소소한 것들로 하고 나머지 한 가지는 조금 어려운 것들로 정하는데요. 대부분의 버킷리스트를 이뤘고, 이제 남은 건 유라시아예요. 여행 계획은 따로 세우진 않았고요. 일단 렐루 서점을 반환점으로 삼아서 거기까진 오토바이를 타고 가고, 돌아오는 것까지 오토바이를 타면 시간이 너무 많이 걸리니까 돌아올 때는 오토바이를 먼저 한국으로 보내고 저는 비행기나 배를 타고 올 생각이에요. 가서 현지에서 숙소를 잡고 숙소에서 책방들을 추천받고, 추천받은 책방에서 또 다른 책방을 추천받고 그런 식으로 즉흥 여행을 할 계획이에요.

원래대로라면 이미 여행을 다녀와야 했지만, 여러 가지 일들로 인해서 유라시아 여행은 늦추어진 상태다. 그러나 꽃 피는 봄이 오면 그는 오토바이를 타고 새로운 길 위에 서 있을 것이다. 오토바이를 타고 포르투갈까지 달려가는 그의 모습을 상상하니 내가 다 벅차오르는 느낌이 든다.

—소소책방만의 색깔이 있다면 무엇이라고 생각하세요?

음, 색깔이라기보다 책방지기가 자리를 자주 비우다 보니 방문하는 손님들이 직접 책을 고르고 계산까지 해야 하는 것이 다른 점이 아닐까 싶어요.(책방지기가 없을 때 소소책방에 들러 책을 구입하게 되면, 책방지기에게 연락해 책 가격을 물은 뒤 카운터에 돈을 두고 가거나 계좌로 책값을 이체해서 보낸다.)

—소소책방을 운영하면서 기억에 남는 에피소드가 있나요?

이사를 세 번이나 한 게 가장 기억에 남는 일인 것 같아요. 매번 이사를 할 때마다 빠짐없이 단골 손님인 백인식 씨가 도와주셨는데 참 고마웠어요. 항상 책방 일을 자기 일처럼 나서서 도와주시다 보니, 누군가에게 책방을 맡기게 된다면 백인식 씨에게 맡겨야겠다는 생각이 들 정도로 큰 신뢰감이 있어요. 아, 그리고 이사를 할 때마다 공교롭게도 책방 장소들이 물과 관련이 되더라고요. 싱크대의 수도가 터져 물이 샌다거나 하는 일들요. 책이 물이랑 상극인데, 그런 부분들 때문에 걱정이 많았어요.

책방에 걸려 있는 세계지도. 지도 위로 오토바이를 타고 달리는 그의 모습이 겹쳐진다.

—조방주 님이 살아오면서 읽은 책 중 행운이라고 느꼈던 책이 있나요?

세 권의 책이 있는데요. 첫 번째로는 독서 습관을 처음 만들어 준 책인 도쿠가와 이에야스의 『대망』, 두 번째는 독서의 재미를 느끼게 해준 움베르토 에코의 『장미의 이름』, 마지막으로는 이태준 선생님의 『무서록』을 꼽을 수 있겠네요. 『무서록』 같은 경우는 '내가 글을 쓴다면 이태준 선생님 같은 문장을 쓰고 싶다'라고 생각했을 정도로 좋아하는 책이에요.

『무서록』에 대한 애정은 책방에 있는 칠판만 봐도 알 수 있다. 여러 차례

유라시아 여행을 위해 직접 제작한 스티커.
책 읽는 라이더의 모습이 그와 찰떡이다.

책방을 이전하는 동안 유일하게 바뀌지 않은 게 있다면 칠판의 문구다. 항상 제일 잘 보이는 자리에 걸린 채로 『무서록』의 문구는 책방을 방문하는 이들에게 반갑게 인사를 건넨다.

—책과 친하지 않은 사람이 소소책방에 와서 책을 추천해달라고 한다면, 추천해주고 싶은 책은 무엇인가요?

그 사람이 어떤 사람인지를 잘 모르니까 일단 대화를 나눠보고, 그분에게 맞는 책을 추천해드릴 것 같아요. 그렇지 않고서 추천을 한다는 건 어려운 일인 것 같네요.

—조방주 님이 생각하는 이상적인 서점이란 무엇인가요?

저는 2000년대 중반에 사장님이 돌아가신 후에 아쉽게도 문을 닫은 진주 중앙서점이 이상적인 서점의 모습이라는 생각이 들어요. 책방이 좁고 길고 천장이 높은 형태여서 동굴 같은 느낌이었어요. 그래서 조용히 자신만의 공간을 만들어 숨어들 수도 있고, 서가 배치도 훨씬 효율적이라 책도 많이 꽂을 수 있고요.

이야기를 들으며 중앙서점의 모습을 상상해본다. 서가에 빽빽하게 꽂힌 책들 틈 사이에 숨어들어 나만의 자그마한 공간을 만드는 모습을. 생각만 해도 포근하고 따스하다.

—매일 소소책방 문을 열며 하는 생각이 있다면 무엇인가요?

책방 문을 열면 '책 냄새가 오늘도 정말 진하네'라는 생각이 제일 먼저 들어요. 헌책방이다 보니 오래된 책들이 많아서 종이 냄새가 강하거든요. 그래서 그 책 냄새를 맡으며 언제 이 책들이 팔려 나갈까 그런 생각들을 하곤 해요.

—이제 마지막 질문인데요. 여행을 많이 다니시잖아요. 여행자들에게 추천해주고 싶은 여행에 관한 책이 있으신가요?

후지와라 신야의 『인도방랑』과 브루스 채트윈의 『송라인』이

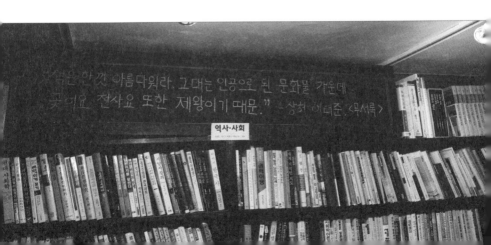

최고의 여행도서라고 생각해요. 요즘은 워낙 지도 애플리케이션이 잘되어 있어서 길을 헤매지 않고 목적지까지 찾아가는 게 쉬운 시대예요. 근데 저는 헤매면서 길을 찾고 여행을 지속하는 그런 것들이 멋지고 부럽다는 느낌이 들거든요. 그 과정에서 자신만의 고독한 시간도 가질 수 있고요. 이 책들은 일련의 여행을 통해서 깨달은 것들을 사진과 글이라는 도구를 이용해, 본인들이 가진 특유의 에너지를 잘 표현해내서 매력적이에요.

> 많은 여행책들이 쏟아져 나와 있지만, 후지와라 신야와 브루스 채트윈의 글은 여행자들에게 있어서 하나의 바이블과도 같다. 시대를 타지 않고, 언제 읽어도 좋으니까. 나도 그들처럼 그런 여행을 하며 글을 쓰고 싶다는 바람을 품으며 인터뷰를 마쳤다.

> ◀서점 프로젝트의 마지막 코스가 진주여서 정말 다행이었다. 많은 도시를 돌고 돌아, 비로소 집에 온 듯한 느낌이 드니까. 소소책방은 이제 온라인으로 책을 판매하고, 비공개 예약제로 바뀐다고 한다. 항상 열려 있던 책방 문을 아무 때나 불쑥불쑥 열고 들어갈 수 없다는 건 아쉽지만, 책방을 더 오랜 시간 이어가기 위해 내린 결정이기에 고개가 끄덕여진다. 존재만으로도 든든한 책방, 소소. 오래오래 진주에서 소소책방의 이름을 보고 싶다. ¶

기억을 걷는 시간, 진양호

진주에서 걷기 제일 좋은 곳은 진양호라고 생각한다. 진양호로 진입하는 입구는 여러 가지가 있지만, 버스를 타고 소싸움경기장에 내려서 걷는 걸 추천한다. 다른 경로보다 상대적으로 걷는 사람이 적기에, 훨씬 한적하게 거닐 수 있으니까.

　늦가을의 진양호는 그 어느 때보다 운치 있었다. 길가에 떨어진 낙엽이 지금이 가을임을 몸소 알리는 풍경들. 진양호를 거닐며 어린 시절을 떠올렸다. 어릴 적 엄마 손을 잡고 아장아장 걸으며 갔던 진양호 동물원. 고사리 같은 손에 뻥튀기를 들고 신기한 눈으로 원숭이를 구경하다 우리 밖으로 뻗어 나온 원숭이의 손에 뻥튀기를 통째로 빼앗겨서 엉엉 울었던 순간이 눈앞에 펼쳐지자 나도 모르게 피식 웃음이 새어 나왔다. 그리고 또 하나의 기억. 머리가 조금 더 커진 후, 친구들과 진양호에 와서 진주랜드 놀이기구를 탔던 그때. 진주에는 따로 놀이동산이 없었기에 놀이기구를 탈 곳이라곤 진주랜드뿐이었다. 지금 타라고 하면 절대 타지 않을 것 같은, 허름하고 안전도 보장되지 않을 것만 같은 삐걱거리던 놀이기구를 꽤 재밌게 탔었다. 빙그르르 돌던 다람쥐통을 즐겁게 깔깔거리며 타던 어린 소녀들.

　그리고 제일 최근의 진양호에 대한 기억은 '주말 메이트'라 불리던, 한때 주말마다 만났던 사람들과 거닐던 시간들이었다. 쌀쌀해진 지금과 달리, 따스했던 여름의 햇빛을 쬐며 시답잖은 농담들을 주고받으며 천천히 진양호를 한 바퀴 돌았던 그날. 지금 혼자 이 길을 걷고 있지만, 결코 혼자가 아닌 내 기억 속의 그들과 함께 이 길을 걷고 있음을 느낀다. 아이였을 때도, 소녀 시절에도, 어느덧 어른이 되어서도 변함없이 진양호를 찾아와 곳곳에 발걸음을 새긴 것처럼, 더 많은 시간이 흐르고 늙고 지치는 순간이 온다 해도 마음만은 언제까지고 변치 않은 상태로 이 길을 걷고 싶다. 소중한 사람과 함께 추억을 겹겹이 마음속에 쌓으면서.

14개월 동안 전국을 다니며 책방지기의 이야기를 듣고 그들의 이야기를 담는다는 것에 대한 기쁨이 컸지만, 안타까웠던 순간들도 있었다. 사정상 책에는 싣지 못한 인터뷰들이 있기에. 첫 번째 인터뷰를 위해 섭외한 서점원은 정도선 씨였다. 열정 넘치는 서점원을 떠올리자 머릿속에 그가 가장 먼저 생각났고, 서점원에 대한 이야기를 담는 프로젝트를 진행할 예정인데 인터뷰를 해줄 수 있냐고 했더니 흔쾌히 수락해주어서 첫 인터뷰 타자로 그가 선정되었다. 시작은 좋았으나, 그가 일하던 서점을 그만두게 되면서 인터뷰는 아쉽게도 싣지 못하게 되었다. 지금 그는 아내와 함께 제주도에서 '소리소문'이라는 이름의 책방을 오픈해서 운영 중인데, 비록 책에는 그의 이야기가 실리지 못했지만 언젠가는 다시 그의 이야기를 담고 싶은 마음이 있다. 정도선 씨가 아니었다면 이 프로젝트는 출발부터 어려움을 겪었을 텐데, 그로 인해 조금은 수월하게 첫 단추를 끼울 수 있었다.

한창 출간작업을 진행하며 그림 책방 피노키오의 대표, 피노 님에게서 안타까운 소식을 들었다. 이제 오프라인으로의 피노키오는 마지막이라는 소식을. 언젠가 다시 서점을 할 수는 있겠지만, 피노키오라는 이름과는 영영 작별이라고 했다. 그 소식을 듣는 순간, 마음이 '쿵' 하고 내려앉았다. 도시를 바꿔가면서도 공간을 계속 이어나갔던 그의 열정을 잘 알고 있기에, 피노키오를 더 지속하지 못한다는 건 그 공간을 아끼는 한 명의 독자로서도 참 슬픈 일이었다. 책방 피노키오는 서점 프로젝트를 진행하며 대구에서 인터뷰한 인연이 있다. 인터뷰를 진행할 당시만 해도, 오프라인 책방에 대한 피노 님의 강한 열망을 느꼈던지라 아예 책방을 닫을 거라는 생각은 하지 못했었다. 서울 연남동, 경주, 대구 그리고 다시 서울 성산동을 거쳐 마지막 오프라인 책방 장소였던 파주까지. 책방을 너무 사랑하는 그가 책방을 그만둘 수밖에 없는 현실이 너무 슬프다.

작년 봄, 서울 마포구 성산동에서 새로운 시작을 준비하는 그를 만났었다. 잦은 책방 이사로 인해 많이 지치고 힘들어 보였지만, 책방에 대한 마음만큼은 절대 지지 않는 태양 같았던 그의 모습을 기억한다. 비록 공간으로서의 피노키오는 이제 더는 볼 수 없겠지만 그 누구보다 책방을 사랑했던 그를 잊지 않을 것이다.

브런치에서 연재되었던 〈서점원이 사랑한 도시〉를 이렇게 『전국 책방 여행기』라는 책으로 펴내게 되면서, 감사한 분들이 정말 많다. 프로젝트를 진행하며 힘들고 지친 순간마다 따뜻한 말들로 항상 나를 다독여주었던 소리소문 책방지기 정도선·박진희 부부, 이 프로젝트의 아이디어를 제공해주신 진주에서 제일 힙한 분위기와 커피 맛을 지닌 봉봉커피 권정애 선생님, 바쁘신 와중에도 흔쾌히 아름답고 멋진 추천사를 써주신 김종관 감독님과 김탁환 작가님, 뜻깊은 일을 한다며 귀한 시간을 내어 인터뷰를 수락해주신 삼일문고, 피노키오, 오늘은 책방, 심다, 완벽한 날들, 밤의서점, 도시여행자, 이듬해 봄, 북극서점, 소년의 서, 인디고 서원, 소소책방의 책방지기에게 특별한 감사를 전한다. 그들이 아니었다면 이 프로젝트를 끝까지 이어나가기 힘들었을 것이다. 『전국 책방 여행기』라는 제목의 책으로 더 넓은 세상에 글을 내어놓을 수 있게 좋은 기회를 주신 동아시아 출판사 한성봉 대표님에게도 감사하다는 인사를 드리고 싶다. 계약부터 함께해주신 하명성 팀장님, 부족한 점이 많은 원고를 담당하며 매일 열심히 달려주신 박민지 편집자님, 디자인팀, 마케팅팀을 비롯한 모든 동아시아 식구들에게도 말로는 표현하기 힘들 정도로 큰 고마움과 감사함을 느낀다. 같이 땀 흘리며 작업해주신 분들이 있었기에 이렇게 멋진 한 권의 책이 만들어질 수 있었다. 지금 이 책을 읽고 있는 독자 여러분에게도 마음 깊이 감사 인사를 전하고 싶다. 책과 책방을 사랑하는 독자 여러분이 있기에 동네 책방의 미래는 결코 어둡지 않다고 생각한다.

　고마운 분들이 정말 많지만, 지면 관계상 다 싣지 못하는 게 아쉽다. 서점 프로젝트는 이제 다시 출발선에 섰다. 아직 담지 못한 책방지기의 이야기가 많은 만큼, 이른 시일 안에 시즌2로 돌아오고 싶다. 함께 걸어주신 분들 모두 정말 고맙습니다. 앞으로의 발걸음도 함께해주세요!

2019년 여름, 진주에서
석류

『군인이 천사가 되기를 바란 적 있는가』 (김숨 지음 | 현대문학)

증언 소설이라 그런지 그 어떤 책보다 슬프고 아프게 느껴진 이 책은 일본군 위안부 길원옥 할머니의 증언을 토대로 만들어진 소설집이다. 열세 살이라는 너무도 어린 나이에 위안부로 끌려간 할머니의 삶은 아흔인 지금도 그때의 기억에 머물러있다.

「열세 살 나를 가지고 놀던 군인은 몇 살이었을까. 문구점에서 산 병아리를 가지고 놀듯 나를.」

이 대목에서 마음이 쿵 하고 내려앉았다. 어린 소녀가 감당하기엔 너무도 끔찍한 순간들. 할머니는 군인들이 몸에 새긴 흔적은 주름으로도 지워지지 않는다고 말한다. 그럼에도 할머니는 살아 있음에 감사하며, 자기 자신을 사랑하는 마음으로 오늘도 삶을 버텨낸다. 군인들이 천사가 될 때까지 기다리는 할머니의 그 마음을 어느 누가 헤아릴 수 있을까.

일본 정부의 진심 어린 사과를 받는 날이 빨리 왔으면 좋겠다. 한 분이라도 더 생존해 계실 때 사과를 받고, 그분들이 남은 생을 무겁지 않게 살아갈 수 있도록.

『민들레 피리』 (윤동주, 윤일주 지음, 조안빈 그림 | 창비)

책 속 시를 마주하자마자 경주의 오래된 느낌과 윤동주가 잘 어울린다는 느낌을 받았다. 경주만큼이나 오래된 도시인 일본 교토에 윤동주 시비詩碑를 보러 갔을 때가 떠오르기도 하고. 교토의 도시샤대학에서 윤동주 시비를 보았을 때의 울렁임이 경주로 옮겨 온 것 같다고 하면 믿을 수 있을까. 그리고 이 책을 경주에서 만난 건 운명이었던 건지도 모른다. 책의 삽화를 그린 분이 놀랍게도 경주 분이었기 때문이다. 묘한 소름이 온몸에 우수수 돋는 기분이었다.

『민들레 피리』 속에는 윤동주, 윤일주 형제의 맑은 감성이 잘 투영되어 있는 시가 담겨 있어서 읽으며 나도 덩달아 마음이 투명해지는 것만 같았다. 책 속에는 동주와 일주 형제의 시를 함께 관통하는 하나의 주제로 '눈'이 등장하는데, 눈을 이불로 표현한 동주와 아기가 깰까 봐 함박눈도 가만가만 소리 없이 내린다는 일주의 표현에서 두 사람의 따뜻한 마음이 온기가 가득 담긴 언어로 전해져 온다. 아름다운 글을 세상에 남긴 두 형제. 그들의 시를 이 한 권에 만나볼 수 있음은 어찌 보면 행운과도 같다. 『민들레 피리』는 동심으로 돌아가고 싶은 날, 펼쳐 들기 좋은 책이다.

『살아남은 아이』 (전규찬, 박래군, 한종선 지음 | 이리)

『살아남은 아이』는 1987년 세상을 떠들썩하게 만들었던 부산 형제복지원 사건에 대한 책이다. 형제복지원의 피해 생존자 한종선과 전규찬 교수, 박래군 인권운동가가 쓴 글이 1부와 2부로 나뉘어 담겨 있다. 1부는 한종선 씨의 이야기로 진행되어 있는데, 그가 들려주는 형제복지원에서의 삶은 참혹 그 자체다. 직접 그린 그림도 글과 함께 실려 있는데, 그림을 처음 그렸다는 말이 무색하게도 그의 그림은 매우 세밀했다. 너무 디테일해서 그림만 보아도 어떤 일이 벌어졌는지 알 수 있을 정도로, 그곳에서의 생활이 적나라하게 표현되어 있다. 2부는 전규찬 교수와 박래군 인권운동가의 해설들이 나와 있다. 그들은 형제복지원 사건을 보다 객관적인 해설을 통해 접근한다.

구술집과 영상들을 통해 형제복지원 사건에 대한 이야기들을 이미 충분히 파악했다고 여겼는데, 이 책을 읽으며 내가 알았던 사실은 빙산의 일각이라는 사실을 깨달았다. 그 정도로 어마 무시하고 참혹한 사건이고, 지금도 밝혀지지 않은 진실들이 무수히 많다.

아직도 형제복지원 사건을 모르는 사람이 많다. 더 많은 사람이 이 사건을 알고, 기억해야 한다. 형제복지원은 사라졌어도, 그곳에서 살아남은 이들의 상처는 결코 사라질 수 없다. 진상규명이 확실하게 이루어져 피해 생존자들이 짐승의 기억에서 벗어나 사람답게 살아갈 수 있기를 바란다.

『섬에 있는 서점』 (개브리얼 제빈 지음 | 루페)

어느 책을 살까 고민할 필요도 없이 이 책은 많은 책들 사이에서도 단번에 내 눈에 들어왔다. 마치 내 손길을 기다렸단 듯이 그렇게 눈에 띄었다. 사실 처음 출간되었을 때부터 이 책이 궁금했다. 줄거리 또한 제목처럼 서점에 대한 것이어서 읽어보고픈 욕망은 더 컸고. 『섬에 있는 서점』은 서점을 배경으로 소설이 만들어지면 이런 느낌이구나를 자연스레 느끼게 한다. 앨리스라는 이름의 섬에서 서점을 꾸려가는 주인공 에이제이의 이야기가 편안하게 책장을 타고 흐른다.

『섬에 있는 서점』은 책과 서점이라는 공간을 사랑하는 사람에게 정말 안성맞춤이라고 말할 수 있을 것 같다. 이 책을 읽으며 서점이라는 공간이 얼마나 사람에게, 그리고 마을 혹은 도시에 많은 영향을 끼칠 수 있는가를 다시 한 번 생각하게 됐다. 서점이 없는 곳은 얼마나 팍팍한 삶들이 자리한 현장들일까. 자극적인 요소는 이 책에는 전혀 필요 없다. 가을바람처럼 선선하면서도 잔잔하게 서점이라는 공간을 중심으로 사랑이 부드럽게 피어나는 걸 이 책을 읽으며 똑똑히 목격했으니까.

『아무튼, 로드무비』 (김호영 지음 | 위고)

위고, 제철소, 코난북스 세 출판사가 모여 만든 〈아무튼 시리즈〉는 한 가지 주제를 가지고 여러 분야의 사람들이 글을 써낸다. 『아무튼, 로드무비』는 제목에서부터 알 수 있듯이 길 위의 이야기가 담긴 로드무비가 주제다.

빔 벤더스, 짐 자무쉬, 장 뤽 고다르, 아키 카우리스마키, 압바스 키아로스타미 등 거장의 작품에 대한 이야기들이 주로 담겨 있는데, 그중 아키 카우리스마키 부분이 가장 인상 깊었다. 그는 내가 가장 좋아하는 감독 중 한 명이다. 국내에는 마니아층 외에는 잘 알려지지 않아서 낯선 이름이지만, 나에게는 결코 낯설지 않은 이름이다. 언젠가 핀란드 헬싱키로 떠나게 되면 그가 운영한다는 바에 가고 싶어서 미리 구글 맵에 위치를 설정해놓고 수없이 많이 들여다봤을 정도다. 그래서 이 책이 더없이 매력적으로 느껴졌다. 내가 좋아하는 누군가를 다른 사람도 함께 좋아한다는 것을 알았을 때의 기쁨이랄까.

가장 인상 깊었던 부분은 아키 카우리스마키 파트였지만, 내 뇌리에 제일 깊게 박힌 문장은 따로 있다.

「가끔 삶이 너무 비현실적으로 느껴질 때마다, 나는 내 생의 모든 순간들이 필름 위에 새겨지고 있는 건 아닌지 혹은 내가 현실이라고 믿고 있는 모든 것이 어떤 이름 모를 로드무비의 일부인 건 아닌지, 의혹에 빠져들곤 한다.」

그의 말처럼 어쩌면 우리의 삶은 보이지 않는 필름 위에 아로새겨 놓아지고 있을지도 모른다. 그렇기에 우리는 삶이란 이름의 로드무비를 찍으며 살아가는 건 아닐까.

『인도 방랑』, 『티베트방랑』으로 유명한 후지와라 신야. 그의 미국 여행 모습이 담긴『아메리카 기행을』구입했다. 그가 여행한 1980년대의 미국은 지금과 큰 차이는 없다. 여전히 코카콜라와 맥도날드는 미국을 상징하며, 글로벌 브랜드로서 많은 사람들의 사랑을 받고 있다. 물론 건강에 유해하다는 말도 따라붙고는 하지만.

　　『아메리카 기행』은 일반적인 여행기와 달리 읽는 내내 몽롱한 느낌을 주었다. 현실인지, 아니면 상상인지 모를 모호한 경계에 서 있는 문장들이 꽤 눈에 띄었기 때문이다. 신야는 모터홈이라 불리는 장거리 캠핑카를 이용해 200일가량 미국 전역을 누볐다. 그 시간 동안 그는 자신의 뿌리에 대한 고민을 비롯해 많은 생각들을 글 외의 사진으로도 담아냈다. 비록 책에는 사진이 많이 실리진 않았지만, 그의 글을 통해서 내가 보지 못한 신야의 뷰파인더 속 세상을 상상해본다.

　　그가 바라본 1980년대의 미국은 어느새 21세기의 한국에도 있고, 일본에도 있다. 어쩌면 전 지구에 녹아 있을지도 모르겠다. 후기에 나오는 문장처럼 미국이라는 나라는 유니버설 스튜디오처럼 세계의 거리를 한데 모아놓은 거대한 영화 세트와도 같으니까. 언젠가 신야처럼 캠핑카를 몰고, 미국을 누비고 싶은 꿈을 품으며 기분 좋게 책장을 덮었다.

일본의 거장 감독, 고레에다 히로카즈 감독의 영상 역사를 한눈에 볼 수 있는 책이다. 고레에다 감독이 티브이맨 유니언TVMAN UNION에 소속되어 있을 때 만든 TV 다큐멘터리와 드라마를 비롯해서 2016년 개봉한 영화 〈환상의 빛〉, 〈태풍이 지나가고〉의

비하인드 스토리가 담겨 있다. 책에 나와 있는 문구처럼, 고레에다의 영화 자서전이라는 부제가 딱 들어맞았다. 인상 깊은 말들도 많았는데, 그중 가장 기억에 남는 말이 있다.

"찍는 것 전부를 존경하며 찍고 싶습니다"라는 말이었다. 그 말처럼 현장에서도 그러한 태도로 촬영을 이끌어 갔기에, 그의 영화 속에서 캐릭터들은 더 힘차게 살아 움직이는 게 아닐까. 아이들을 촬영할 때도 어른 이상으로 존경하며 찍는 그의 자세는 본받아야 마땅하고.

"영화는 제 안에서 태어나는 것이 아니라 세계와의 만남을 통해 그 사이에서 태어난다고 인식해왔습니다"라고 고레에다는 말했다. 그 말처럼, 그는 이제 일본을 넘어 세계에서도 인정받는 감독의 반열에 올라섰다. 책을 통해서 고레에다의 따뜻한 마음과 철학들을 엿볼 수 있어서 참 즐거웠다. 그의 영화는 과장과 꾸밈이 없어도 마음을 울리는 담백함이 있다. 오래오래, 그가 지금처럼 영화를 만들어주었으면 하는 바람을 가져본다.

『오늘, 책방을 닫았습니다』 (송은정 지음 | 효형출판)

책방 인터뷰를 와서 책방을 닫는 내용의 책을 산다는 게 처음엔 망설여졌지만, 내용이 너무도 궁금해서 결국 구입하고 말았다. 제목만 보았을 때는 책방을 닫는 슬프고도 컴컴한 이야기일 줄 알았다. 그러나 막상 책장을 여니 내 예상과 달리 어둡지만은 않게 책방에 대한 이야기가 그려져 있었다. 여행 책방 '일단 멈춤'의 주인장 송은정 씨가 쓴 이 책은 책방을 준비하는 과정과 운영하는 모습, 그리고 책방 이름처럼 일단 멈춤을 하게 된 부분까지 덤덤하게 잘 나와 있었다.

책의 내용 중에 책방에서 쌀국수 북 토크를 진행한 부분이 매우 흥미로웠다. 보통의 북 토크는 이야기만 나누고 끝이 나는 데 반해, 쌀국수 북 토크는 저자와 독자가 함께 쌀국수를 만들고 나눠 먹으며 여행의 온기를 나눈다.

비록 문을 닫았어도, 폐업이라는 단어를 쓰지 않은 그녀는 언젠가 다시 어딘가에서 새로운 모습의 일단 멈춤을 보여줄지도 모르겠다. 그녀의 말처럼 책방은 일단 멈춤의 상태이니까.

『인생극장』 (노명우 지음 | 사계절)

사회학자 노명우가 자신의 아버지와 어머니의 삶의 궤적을 영화와 문학을 연결시켜 한 권의 책으로 담아냈다. 『인생극장』이라는 제목답게 영화에 대한 비중이 특히 높다. 부모 세대의 삶과 당시의 문화를 연결시켜 그 시대의 사회 모습을 보여주는 아들이라니. 이 얼마나 로맨틱한가. 식민지 시대부터 유신의 시대까지의 역사가 눈에 쏙쏙 들어온다.

비록 역사에 한 획은 못 그었지만, 그 시대의 보편적인 삶을 산 대다수의 어머니, 아버지의 모습들을 우리는 이 책을 통해 들여다본다. 책의 내용 중 이런 부분이 있다.

「식민지 시대에 유년시절을 보내고, 해방되자마자 전쟁을 겪고, 이승만과 박정희의 시대에 젊은 시절을 보낸 뒤 중·장년기에 접어든 '그들'이다. '그들'은 남자 주인공 혹은 여자 주인공의 자격으로 무대에 오르지 못했다.」

비록 주인공이 되어 무대에는 오르지 못했지만, 훗날 그들은 한 권의 책 안에서 주인공의 모습으로 살아 숨 쉰다. 책장을 덮고 난 후, 그 시대를 지나온 내 할머니와 할아버지의 삶이 궁금해졌다. 한 번도 궁금하게 여기지 않았던 그들의 인생극장이 궁금해지는 순간, 그들은 비로소 주인공이 되어 무대에 오를 수 있는 게 아닐까.

『파밍 보이즈』 (유지황 지음 | 남해의봄날)

영화로 먼저 『파밍 보이즈』를 접했던 터라 책은 어떨지 궁금해 구입했다. 〈파밍 보이즈〉는 땅을 꿈꾸는 세 청년이 모여 무일푼 농업 세계일주를 하는 내용의 다큐멘터리 영화다. 영화 속에서는 러닝타임 때문인지는 몰라도 유럽의 농장에서 일하는 모습 위주로 나와 있어서, 동남아시아에서의 모습은 제대로 담겨 있지 않아서 아쉬웠는데, 책을 통해 아쉬움을 해소할 수 있어서 좋았다.

일반적인 배낭여행의 형태를 벗어나 생소한 농업 여행을 택한 세 청년 지황, 두현, 하석. 경비가 부족해 멈출 뻔한 순간도 있었지만, 따뜻한 손길들이 닿아 그들의 여행은 멈추지 않고 계속된다. 시작은 셋이었으나 여행이 지속되어가는 과정 속에서, 그들만의 여행이 아닌 모두의 여행이 되어가는 순간은 반짝반짝 빛이 났다. 책 속에 이런 문장이 나오는데 무척이나 인상 깊었다.

「혼자서는 빨리 갈 수 있지만, 여럿이 함께라면 더 멀리 갈 수 있지.」

이 말처럼, 그들은 농업 세계일주의 여정 속에서 함께 걷는 삶의 가치를 배우고 느꼈을 것이다. 나 역시 이들의 여행을 통해 많은 걸 배우고 깨달았다. 항상 추상적으로만 생각했던 농업에 대해. 땀 흘려 땅을 일구는 농업의 아름다운 가치를 그들의 여행을 통해 다시 한 번 생각하는 계기가 되었다. 현재도 자연과 가까운 삶을 살고 있는 그들의 선택에 응원을 보낸다.

『환상의 빛』 (미야모토 테루 지음 | 바다출판사)

『환상의 빛』에는 미야모토 테루의 단편 소설 네 편이 실려 있다. 표제작인 〈환상의 빛〉을 비롯해 〈밤 벚꽃〉, 〈박쥐〉, 〈침대차〉의 순서로 이야기들이 구성되어 있다. 네 편의 작품 모두 죽음이 들어가 있다는 게 하나의 공통점이라 볼 수 있다. 남편, 아들, 친구의 죽음으로 인해 주인공들은 마음속에 각자의 상실을 지니며 살아간다.

가장 인상적인 작품은 고레에다 히로카즈의 영화로도 만들어진 〈환상의 빛〉이었는데, 영화도 좋았지만 글은 더 좋았다. 영화도 무척 섬세한 손길로 연출되어 있지만, 글은 훨씬 더 섬세하고 서정적이다. 영화를 본 후에 감상으로 메모해두었던 한마디가 있는데, 소설을 읽으면서도 그 말이 다시 떠올랐다.

「상실은 잊히지 않는다. 단지 그림자가 되어 마음속에 숨어 있을 뿐.」

상실이란 절대 잊히지 않는 하나의 그림자와도 같다. 언제, 어디서, 어떻게 튀어나올지 모르는 것이다. 미야모토 테루의 글들을 읽으며 상실에 대한 것을 더 깊게 고민해보게 되었다. 특유의 서정적인 문체 때문일까? 상실에 대한 글들이 담겨 있지만 마냥 슬프고 아련하지만은 않다는 점도 흥미롭다.

이후북스

서울시 마포구 서강로11길 18 1층

https://www.instagram.com/now_afterbooks/

개성 넘치는 책방 일기로 많은 사랑을 받고 있는 책방. 재미난 행사를 많이 개최하며, 이후진프레스라는 출판사를 함께 운영하면서 좋은 책을 꾸준히 펴내고 있다. 강원 영월에는 이후북스테이라는 이름의 독채 펜션도 운영 중이다.

책방이음

서울시 종로구 대학로14길 12-1

https://www.instagram.com/books_eum/

시민단체 나와우리에서 공익 목적으로 운영하는 책방. 2009년부터 대학로에서 운영되어 대학로를 떠올리면 가장 먼저 생각나는 책방이다. 매달 활발하게 다양한 강연과 북 토크 등을 개최하고 있다.

책방 꼴

서울시 마포구 월드컵북로5나길 18 서교대우미래사랑 상가 1층 112호

https://www.instagram.com/ccol____/

언니네트워크에서 운영하고 있는 퀴어페미니스트 책방. 소수자에 대한 따뜻한 시선이 담긴 큐레이션이 매력적인 공간이다.

여행책방 사이에

서울시 마포구 연남동 성미산로31길 13, 2층

https://www.instagram.com/saiebook/

여행에 관한 책들이 총집합한 책방. 답답한 도심 속에서 훌쩍 떠나고 싶은 생각이 들 때는 여행책방 사이에에 가자. 마치 여행을 온 듯한 기분이 들게 해주는 큐레이션은 답답한 당신의 일상에 작은 숨구멍이 되어줄 것이다.

고요서사

서울시 용산구 신흥로15길 18-4

https://www.instagram.com/goyo_bookshop/

서사라는 이름에서 볼 수 있듯이 문학을 중심으로 다루는 책방. 문학서점이라는 타이틀처럼 소설, 시, 에세이 위주의 서가로 구성되어 있으며 혼자 읽기 또는 함께 읽기의 방법을 고민하며 실험하고 있는 공간이다.

당인리책발전소

서울시 마포구 독막로8길 15

https://www.instagram.com/danginbookplant/

오상진, 김소영 아나운서 부부가 운영하는 책방. 당인리책발전소에서 자체적으로 집계하는 베스트셀러는 기존의 베스트셀러 순위와는 다른 신선함으로 다가온다.

땡스북스

서울시 마포구 양화로6길 57-6

https://www.instagram.com/thanksbooks/

디자이너가 운영하는 책방. 홍대 앞이라는 특성을 고려해 각 분야별 주목할
만한 책들을 선별하고 있다. 한 달에 한 번 출판사와 함께 주제가 있는 기획
전시 및 〈금주의 책〉, 〈땡스, 초이스〉 등 다양한 코너를 통해 겉과 속이 같은
책, 디자인과 콘텐츠가 잘 어우러지는 책을 소개한다.

마샘

인천광역시 남동구 소래역남로 40

https://www.instagram.com/masambooks/

협동조합 마중물문화광장에서 운영하는 복합문화서점. 6만 5,000권의 도서
를 보유하고 있으며, 복합문화서점이라는 이름에 걸맞게 공연과 전시, 강연
등의 행사로 인천 시민들을 반갑게 끌어당긴다.

미스터 버티고

경기 고양시 일산동구 강송로 33

https://www.instagram.com/mr.vertigo2015/

2015년부터 고양에서 자리를 지켜온 문학 전문 서점. 소설을 좋아하는 이들
이라면 늪처럼 이곳에 빠져들 수밖에 없을 정도로 보물 같은 소설이 가득하
다. 궁서체로 쓰인 책 추천 띠지를 찾아 읽는 재미도 쏠쏠하다.

오키로북스

경기 부천시 경인로 211-1 2층

https://www.instagram.com/5kmbooks/

카페와 독립서점을 겸하고 있는 공간. 다양한 독립출판물과 굿즈를 만나볼
수 있다. 온라인 숍도 운영하고 있어서, 온라인으로도 책과 굿즈를 구입할
수 있다.

동반북스

경기 의정부시 신촌로6번길 29-22

https://www.instagram.com/dongbanbooks/

반려동물 전문 책방. 책방 문을 열고 들어서면 고양이 둥이가 손님을 맞이
한다. 반려동물 전문 책방이라는 타이틀답게 반려동물에 관한 다양한 큐레
이션이 가득하다.

소리소문

제주 한림읍 중산간서로 4062

https://www.instagram.com/sorisomoonbooks/

작은 마을의 작은 글이라는 뜻을 가졌지만, 작은 마을을 넘어서 더 넓게 책
을 전파하고 있는 책방. 10년 경력의 서점원 정도선, 박진희 부부가 오랜 서
점원 생활의 내공을 집약해 만든 단단한 큐레이션과 편안한 분위기가 매력
적인 공간이다.

유람위드북스

제주 한경면 홍수암로 561

http://www.instagram.com/youram_with_books/

연중무휴로 매일 운영되고 있는 북카페. 많은 책들을 소장하고 있으며, 한 번 들어서면 시간이 삭제되는 느낌을 맛볼 수 있다. 널찍한 공간과 인테리어가 매력적인 곳이다.

구들책방

제주 조천읍 신북로 502

https://www.instagram.com/kim19party/

잡화점 싯디와 쌍둥이로 운영되고 있는 헌책방. 헌책을 가져다주면, 커피를 한 잔씩 제공한다. 앤티크한 분위기와 제주스러움이 가득한 책방이다.

바닷가책방

제주 한림읍 한림해안로 562

https://www.instagram.com/sea_and_books/

바다 바로 앞에 위치해서 전망이 정말 좋은 책방. 책방에 들어서면 창밖으로 바다가 눈앞에 보인다. 작지만 알차게, 다양한 종류의 책들이 구비되어 있는 곳.

책방마실

강원 춘천시 전원길 27-1

https://www.instagram.com/masilbooks/

춘천에 최초로 생긴 독립출판물 중심 책방. 책만 판매하는 것이 아닌 대관도 한다. 춘천의 살롱문화를 이끌어 가는 에너지 넘치는 공간.

동아서점

강원 속초시 수복로 108

https://www.instagram.com/bookstoredonga/

속초에서 3대째 이어져가고 있는 서점. 속초의 시그니처가 있다면 바로 이곳이 아닐까 싶다. 김영건 점장의 큐레이션은 다정하고 섬세하게 방문객을 맞이한다.

문우당서림

강원 속초시 중앙로 45

https://www.instagram.com/moonwoodang_bookshop/

238권의 책 속 문장들로 알록달록 꾸며진 문장서가가 압권인 곳. 디자인과 인테리어적인 면에서도 최상의 만족도를 지녔다. 속초에 간다면 꼭 들러봐야 할 필수 코스.

지음책방

광주광역시 동구 동명로67번길 17

https://www.instagram.com/zeum_book/

다른 책방과 달리 이곳에서는 음식을 판매한다. 직접 소장한 책들을 별공님이 만든 맛있는 음식과 함께 즐길 수 있다. 한 달에 한 권씩 주제를 선정해 책을 판매한다.

메이드 인 아날로그

광주광역시 남구 백서로 98-5

http://www.instagram.com/madeinanalog_k/

작은 책방 겸 문구점. 책 말고도 다양한 디자인 문구를 함께 판매한다. 1층은 디자인 문구, 2층은 서점으로 나눠져 있다. 모던한 공간이 강점이다.

잘 익은 언어들

전북 전주시 덕진구 두간11길 15

http://www.instagram.com/well_books/

책을 통해 많은 사람들에게 힘을 나누어주는 공간. 카피라이터 출신의 책방지기가 쓴 책방 곳곳의 글들은 따뜻한 느낌을 안겨준다.

책방 같이[:가치]

전북 전주시 완산구 서학3길 35

https://www.instagram.com/7097picturebooks/

그림책 책방. 그림책을 통해서 같이 가치를 만들어가는 공간이다. 함께 그림
책을 읽어나가며 자연스럽게 같이의 가치를 느낄 수 있다.

마리서사

전북 군산시 구영5길 21-26

http://www.instagram.com/mariebookstore/

고즈넉한 군산을 닮은 서점. 일본식 가옥을 개조해 만든 책방 건물은 포근
하고 따스한 분위기로 여행객을 끌어당긴다. 군산 여행을 계획하고 있다면
마리서사는 빠질 수 없는 코스다.

북그러움

부산광역시 진구 서전로46번길 10-7 2층

https://www.instagram.com/bookgroum/

시끌벅적한 서면에서 잠시간의 휴식과 적막이 필요하다면 북그러움이 제맛
이다. 책맥을 할 수 있게 맥주도 함께 판매한다.

샵 메이커즈

부산광역시 금정구 부산대학로64번길 120 1F

https://www.instagram.com/shop_makers/

부산의 1호 독립서점. 카페 공간과 책방 공간이 분리되어 있어 편하게 커피
를 마시며 책을 읽을 수 있다. 특이하게도 가구도 판매한다.

책방 카프카의 밤

부산광역시 연제구 고분로191번길 20

http://blog.naver.com/goodnight_kafka/

카프카의 밤이라는 책방 이름처럼 책 외에도 프란츠 카프카에 대한 아이템
들이 많다. 어두운 밤, 출구를 찾고 싶다면 카프카의 밤으로 가자.

더폴락

대구광역시 중구 북성로 103-2

https://www.instagram.com/thepollack5/

대구 독립서점의 성지 같은 장소. 개성 넘치는 독립출판물의 판매를 비롯해,
대구 인디문화의 풀뿌리로서의 역할도 톡톡히 하고 있다.

달팽이책방

경북 포항시 남구 효자동길10번길 32

https://www.instagram.com/bookshopsnail/

동네 서점 겸 홍차 전문점. 달팽이책방이라는 이름과 달리 이곳에 들어서
책을 구경하다 보면 아주 빠르게 시간이 흘러감을 경험할 수 있다.

진주문고

경남 진주시 진양호로240번길 8

https://www.instagram.com/jinjumoongo/

30년 넘게 자리를 지켜온, 경남 지역 시민에게 있어 가장 든든한 중형서점.
리모델링을 통해 보다 쾌적한 공간의 책방으로 탈바꿈했다. 다양한 문화행
사를 개최하며 지역 시민들의 문화적 니즈를 충족시켜주는 곳이다.

봄날의책방

경남 통영시 봉수1길 6-1

http://www.instagram.com/bomnalbooks/

남해의봄날 출판사에서 운영하고 있는 책방. 근처에 전혁림 미술관도 위치
해 있어서, 책과 미술을 좋아하는 사람들에게는 종합선물세트와도 같은 곳.

계룡문고

대전광역시 중구 중앙로 119

https://www.instagram.com/kyeryongbooks/

1996년부터 원도심을 지켜온 대전의 향토서점. 지하철역에서 바로 진입이 가능해 접근성이 매우 좋다. 서가 사이사이의 간격이 넓어 편하게 움직이며 책을 살펴볼 수 있다.

우분투북스

대전광역시 유성구 어은로51번길 53

https://www.instagram.com/ubuntubooks/

들어서는 순간 자동적으로 우분투북스의 팬이 된다. 큐레이션 하나하나에서 열정이 묻어난다. 책방지기가 직접 써서 책과 함께 보내는 손편지는 우분투북스만의 매력이다.

숲속작은책방

충북 괴산군 칠성면 명태재로미루길 90

https://blog.naver.com/supsokiz/

북스테이 책방. 마치 동화 속에 들어온 듯한 느낌을 받을 수 있다. 사전에 신청하면 숙박이 가능한데, 조용히 쉬며 책을 즐기고 싶은 사람들에게 안성맞춤이다.